2030

DU MÊME AUTEUR

Romans

Bleu comme l'enfer, B.F.B., 1982 ; J'ai lu n° 1971.
Zone érogène, Bernard Barrault, 1984 ; J'ai lu n° 2062.
37°2 le matin, Bernard Barrault, 1985 ; J'ai lu n° 1951.
Maudit manège, Bernard Barrault, 1986 ; J'ai lu n° 2167.
Échine, Bernard Barrault, 1988 ; J'ai lu n° 2658.
Lent dehors, Bernard Barrault, 1991 ; Folio n° 2437.
Sotos, Gallimard, 1993 ; Folio n° 2708.
Assassins, Gallimard, 1994 ; Folio n° 2845.
Criminels, Gallimard, 1997 ; Folio n° 3135.
Sainte-Bob, Gallimard, 1998 ; Folio n° 3324.
Vers chez les blancs, Gallimard, 2000 ; Folio n° 3574.
Ça, c'est un baiser, Gallimard, 2002 ; Folio n° 4027.
Frictions, Gallimard, 2003 ; Folio n° 4178.
Impuretés, Gallimard, 2005 ; Folio n° 4400.
Doggy bag, Julliard, 2005-2008.
Impardonnables, Gallimard, 2009 ; Folio n° 5075.
Incidences, Gallimard, 2010 ; Folio n° 5303.
Vengeances, Gallimard, 2011 ; Folio n° 5490.
« Oh… », Gallimard, 2012 ; Folio n° 5704.
Love song, Gallimard, 2013 ; Folio n° 5911.
Chéri-Chéri, Gallimard, 2014 ; Folio n° 6098.
Dispersez-vous, ralliez-vous !, Gallimard, 2016 ; Folio n° 6293.
Marlène, Gallimard, 2017 ; Folio n° 6537.
À l'aube, Gallimard, 2018 ; Folio n° 6671.
Les Inéquitables, Gallimard, 2019.

Récit

Ardoise, Julliard, 2001.

(La suite en fin d'ouvrage)

Philippe Djian

2030

roman

Flammarion

ISBN : 978-2-0814-7331-7

Pour la première fois – et Dieu sait qu'il n'était pas d'une nature belliqueuse et ne s'était jamais ouvertement révolté contre les pratiques de son beau-frère –, il défia celui-ci du regard et faillit lui balancer tout le paquet de feuilles à la figure. Il hésita un instant puis il ouvrit la main et laissa tout tomber à leurs pieds, sans un mot. Après quoi il sortit du bureau en claquant la porte. Il traversa l'accueil encore tremblant de rage, à peine salua-t-il le vigile et son chien-loup endormi entre ses jambes.

Il avait toujours su qu'Anton était une belle crapule, que le laboratoire qui portait son nom ne s'embarrassait plus guère de probité ni d'éthique.

Il faisait déjà nuit mais la chaleur demeurait étouffante. On ne pouvait s'empêcher de grimacer en quittant l'air climatisé. Il récupéra sa voiture sur le parking que bordaient de jeunes arbres aux feuilles rabougries par le manque d'eau. Il aurait aimé pouvoir vomir avant de se mettre au volant de sa Porsche. Il ne parvint qu'à attraper une bouteille thermos sous le siège avant et il avala quelques gorgées d'eau. Elle n'était pas trop tiède. Ce n'était pas aussi efficace qu'une glacière mais ça lui suffisait. Son nom était écrit dessus. GREG. Chacun avait possédé un thermos à son nom. Il s'épongea le visage et la nuque. Le ciel était d'une profondeur sinistre. Il soupira. Anton le tenait tellement par les couilles que c'en était risible.

Il monta dans sa Porsche, s'arrêta chez le traiteur. Le saumon fumé était en rupture de stock.

Son appartement donnait sur le lac et il y avait une terrasse. Anton pouvait lui enlever tout ça en claquant des doigts. C'était une situation pénible. Il n'y avait pas pris garde, et maintenant il était coincé.

Il fuma un joint pour se calmer, pour se débarrasser de sa bile, avec la clim au maximum. Il alluma la télé, se versa une bière et finit par s'endormir devant l'écran. Plus tard, il s'éveilla en pleine nuit et tomba sur une adolescente qui parlait du climat, qui s'inquiétait pour la suite et voulait sécher l'école tous les vendredis. Le reportage datait d'une bonne dizaine d'années. Il regarda la jeune fille durant de longues minutes, complètement absorbé, puis il ferma les yeux.

Il aperçut Anton le lendemain en arrivant, qui faisait les cent pas au bord de sa piscine, le téléphone collé à l'oreille. C'était une vraie caricature, parfois. Il n'y avait sans doute plus un seul brin d'herbe alentour qui ne soit transformé en paille, mais le gazon d'Anton demeurait d'un vert tendre, éclatant.

Ils échangèrent un signe. Greg n'était pas pressé de le voir. Il entra dans la maison et rejoignit sa sœur dans le salon. Sylvia observait Anton, derrière la baie, qui marchait toujours de long en large avec sa casquette enfoncée sur le crâne.

Il est contrarié tel que tu le vois, dit-elle.

Oui, moi aussi, mais je ne peux pas signer tout et n'importe quoi. Il s'agit quand même de santé publique, tu sais ce que c'est que la santé publique.

Greg, n'exagère pas.

Anton la tenait, elle aussi. D'une autre manière. Il ne servait plus à grand-chose désormais d'avoir une discussion sur ce sujet avec elle. Sylvia avait choisi son camp. Sylvia avait eu besoin d'un roc et Anton mesurait un mètre quatre-vingt-dix et pesait près de cent kilos. Greg ne pouvait pas trop en vouloir à sa sœur. Certaines femmes sont attirées par les grands singes.

Je me demande s'il ne fait pas aussi chaud que l'année dernière, déclara-t-il pour détourner la conversation.

Oui, vous allez cuire.

Je le leur ai dit. Ils veulent commencer après le coucher du soleil, mais ça ne sert à rien. Il faut s'attendre à transpirer un minimum à un concert de heavy metal, non, si tu te souviens. J'ai hésité à prendre des boules Quies.

En tout cas, tu ne les quittes pas des yeux.

Si ça ne va pas, je les attache.

Il tiqua lorsqu'elles descendirent de leurs chambres car elles étaient un peu court-vêtues pour ce genre de sortie et passablement maquillées mais il ne fit aucun commentaire. Il n'était pas chargé de leur éducation. Dieu merci. L'une et l'autre avaient du tempérament. La plus âgée, Aude, avait à peine vingt ans mais elle n'en faisait plus qu'à sa tête depuis un bon moment. Il était bien content de ne pas être son père. Et Anton, quelquefois, lorsqu'elle lui tapait vraiment sur les nerfs, renonçait à endosser ce rôle. Ce n'était pas sa fille, après tout, mais celle de Sylvia, et il s'en lavait les mains. Quant à Lucie, quatorze ans, qui n'était pas davantage la fille d'Anton, qui écrivait déjà au Président pour l'interpeller sur les néonicotinoïdes ou la pollution aux particules fines qui perdurait, Lucie qui se mêlait d'à peu près tout, elle ne manquait pas de caractère.

Il n'y avait probablement pas un seul homme dans toute la ville qui aurait souhaité être leur père. D'ailleurs, le leur avait filé.

Ils s'arrêtèrent en chemin pour manger quelque chose. Il ne voulait pas qu'elles arrivent au concert le ventre vide. Il gara sa voiture dans le coin réservé aux VIP – un terrain plat en contrebas où l'on plantait des pommes de terre autrefois, qui ne servait plus à rien, qui était gardé par un type et son chien – et entraîna les filles vers les loges en préfabriqué. Le soleil se couchait.

Anton était une vraie crapule, sans doute, mais il n'était pas idiot. Il s'occupait sans relâche de sa publicité et de celle de son laboratoire qui sponsorisait l'événement, peaufinant l'image du patron décontracté, pieds nus dans ses mocassins, entouré de chercheurs pointus, sans cravate, des allumés, des trentenaires avec des barbes de bûcherons, en tee-shirts, gominés. Ha ha. L'enfoiré.

Quoi qu'il en soit, les deux filles étaient aux anges. Il y avait beaucoup de monde et la chaleur de la journée ne parvenait pas à s'évaporer. Des silhouettes étaient juchées dans les arbres, d'autres circulaient sur l'herbe sèche, d'autres encore trépignaient devant la scène pendant que le premier groupe attaquait une reprise de Sunn O))). L'organisateur, un type aux cheveux blancs avec une queue-de-cheval et des bagues à chaque doigt donna l'accolade à Greg et cligna de l'œil en direction des deux sœurs qui secouaient déjà la tête comme des damnées. Les types jouaient si fort que la forêt tremblait. Cela faisait du bien quelquefois. Elles n'étaient pas ses filles, mais ses nièces néanmoins. Il ne disait pas le contraire.

Elles furent bientôt en nage. Il distribua des bouteilles d'eau, les invita à s'hydrater, à ne pas s'éloigner. Il se formait, à mesure que les groupes se succédaient, une brume de chaleur poisseuse en suspension au-dessus des têtes au point qu'un chanteur s'arrêta entre deux morceaux pour se mettre à poil. Ces pratiques du siècle dernier avaient encore quelques adeptes mais elles faisaient plutôt sourire aujourd'hui, certains se versaient encore du sang sur le crâne, se scarifiaient, fracassaient leur instrument contre les amplis, exercices auxquels se livraient déjà leurs pères quelques décennies plus tôt. Comme hanté, le gars agita son pénis devant celles et ceux qui se tenaient aux premiers rangs et il fit un tabac.

Plus tard dans la nuit, les invités se rassemblèrent sous un chapiteau festonné tandis que le public s'éparpillait dans la nuit noire. Le laboratoire avait envoyé deux cents invitations que l'on s'était arrachées. Aude jeta un regard de défi à son oncle en attrapant une coupe de champagne. Il ne broncha pas.

Il se demanda quel genre de type finirait par mettre la main sur elle, un de ces quatre. Ce serait intéressant à voir, à ne pas manquer.

On entendait des chiens hurler au loin, le ronflement de l'hélicoptère qui surveillait la zone et braquait son projecteur sur les alentours comme s'il touillait une soupe.

Greg se mit à chercher Aude au moment de partir. Il ressentit une petite contraction au niveau de l'estomac.

Les premiers ennuis surgirent le mois suivant. Certains résultats d'analyses qu'Anton avait trafiqués, et dont Greg, pour finir, s'était porté garant, se mirent à éveiller les soupçons des autorités sanitaires. Les choses commençaient à sentir le brûlé.

J'en étais sûr, grimaça Greg, je t'ai dit que ça nous reviendrait dans la figure. Ne les prends pas pour des cons. Ils savent lire les chiffres. Ils vont vouloir tout revoir, tout repasser au peigne fin.

On a des avocats qui s'occupent de ça, répondit Anton. Mais on doit prendre certaines précautions. Je vais avoir besoin de toi pour trier quelques documents. C'est toi le scientifique. Nous pourrions faire ça ce week-end. Le plus tôt sera le mieux.

Greg secoua la tête. Anton, des types vont continuer de s'empoisonner avec ça. Par notre faute. On aurait dû faire interdire ce truc et on lui a ouvert les portes. Hein, qui peut croire ça. Un tel prodige. C'est grotesque, non.

Oui. D'une certaine manière. Bien sûr.

Et puis ce week-end, pour moi, c'est impossible. J'ai Lucie.

Greg, je ne plaisante pas. On doit faire vite. Mieux vaut prévenir que guérir, tu le sais, ça. Elle n'aura qu'à nous attendre dans la voiture, ça ne va pas la tuer. Greg, j'insiste. Écoute, disons ce soir, c'est encore mieux. Elle trouvera bien quelque chose à regarder en attendant.

Greg se demandait pourquoi il finissait toujours par lui céder. Peut-être parce que c'était plus simple. Peut-être parce que dans le fond il sentait qu'il n'était pas de taille, que le combat était perdu d'avance. Bien sûr Anton avait la carrure d'un rugbyman, mais ce n'était pas seulement ça. Pas plus que le fait qu'il était son patron et qu'il baisait sa sœur. Non. Tout à coup, toutes ses résistances s'effondraient et il finissait par hocher la tête. Une énigme absolue. Il gardait en mémoire, néanmoins, cette scène où il avait affronté Anton du regard et il se la repassait. L'exception confirmant la règle, sauvant quelques miettes de ce qui restait d'estime de soi.

Dès que la nuit fut tombée, ils retournèrent au labo. Le vigile avait le visage d'un gars qui semblait si fatigué que ses jambes flageolaient. Son chien dormait à ses pieds, comme toujours. En y repensant, Greg se demandait s'il avait jamais vu ce chien éveillé.

Ils montèrent à l'étage, traversèrent une enfilade de bureaux déserts. Ils s'enfermèrent dans celui d'Anton. La climatisation était excellente. Même les plantes se régalaient, elles restaient d'un vert vif, étonnant, s'épanouissaient, tandis que derrière les baies, il n'y avait plus grand-chose, sinon dans les bruns, les ocres, plusieurs années sans une goutte d'eau et c'était cuit, les grosses pluies passaient trop vite, trop fort, ça ruisselait, ça n'avait pas le temps de pénétrer.

Anton empila des dossiers sur une table basse. En silence. Greg savait ce qu'il avait à faire. Ramasser les merdes qu'ils avaient semées, effacer les traces de leurs doigts sales. Il était pénible d'en dresser la liste. C'était le prix à payer pour son appartement, sa Porsche, son confort général – en fermant les yeux alors qu'il aurait fallu les ouvrir. Mais du moins s'était-il tenu la tête hors de l'eau, avait-il plus ou moins cessé de marcher sur le fil, s'était-il raccroché du côté le moins sombre.

Ils y passèrent un bon moment, les documents étaient nombreux, il fallait traquer le moindre indice, tout vérifier, revoir des chiffres, etc. Anton faisait fonctionner le broyeur. Parfois, ils échangeaient un regard qui en disait long. Il n'y avait pas de quoi être fier, bien sûr. Mais tous les labos faisaient ça, naturellement. À des degrés divers. Avec plus ou moins de protection. Ils ne se gênaient pas. La sous-évaluation des effets nocifs était tout un art.

Greg hocha la tête pour signifier qu'il avait compris, qu'Anton le lui avait suffisamment répété. Il appela Lucie pour l'avertir qu'il en avait encore pour une bonne heure. La dernière opération à laquelle Anton s'était livré partait dans tous les sens, il y avait des cadres du labo dans le coup, des tas de documents à traiter, à synchroniser, de nombreuses pistes à assécher, de nombreux terrains à déminer d'urgence, d'ordinateurs à nettoyer.

Quand ils eurent fini leur Grand Nettoyage, Anton insista pour aller boire un dernier verre. Il était satisfait, il soufflait. Quand toutes les clims de la ville se mettaient en marche, le soir, quand les gens rentraient chez eux, lessivés par la chaleur, l'éreintement, les pannes d'électricité étaient monnaie courante. Plus de lumière, plus de machine à fabriquer des glaçons.

Anton était en train de lui expliquer une fois encore que les affaires avaient dû supporter le choc d'une nouvelle crise, une de plus, et que s'il n'avait pas réagi, s'il ne s'était pas arrangé avec les chiffres, le vaisseau dont il tenait la barre aurait sérieusement tangué. Il n'aurait plus manqué qu'on nous flanque un redressement, ajouta-t-il au moment où les plombs sautaient.

Une faible rumeur de protestation traversa mollement la salle. Des bougies apparurent comme par enchantement sur les tables. Des vraies et des fausses qui fonctionnaient avec des piles et dont les Chinois nous inondaient avec le sourire, comme ces petits ventilateurs de poche, ces ombrelles télescopiques, ces sous-vêtements réfrigérants.

Anton se pencha pour lui serrer le bras, de manière affectueuse. Anton avait des mains puissantes et son geste amical recevait ordinairement en retour un sourire douloureux de la part de sa victime – sans parler de la marque de ses doigts, d'un rouge vif sur une peau laiteuse.

Je sais que c'est un peu dur à avaler, déclara Anton. Mais il y avait pire à l'horizon, crois-moi. Des clients perdus, des contrats annulés, les grimaces des banques. Je n'ai pas toujours le nez collé à un microscope, moi, ne le prends pas mal. Chacun doit être à sa place. J'ai choisi de sauver la maison, c'est vrai. Mais tous ces gens, toutes ces personnes qui bossent ici, j'ai protégé leur travail, j'ai protégé leurs vies, je peux les regarder jouer dans l'herbe avec leurs enfants. C'est une bagarre au couteau, ce n'est que ça, une manière de bagarre de rue. Et c'est moi qui m'y colle.

Greg se contenta de secouer la tête. Il attendit qu'Anton veuille bien lui lâcher le bras et il vida son verre. Un type, dans un coin, se mit à jouer du piano en sourdine. En général, les instruments n'appréciaient pas beaucoup les énormes et brutaux écarts de température et celui-ci commençait à montrer des signes de faiblesse – on l'avait placé dans les courants d'air de la porte, et avant cela abandonné sous une bâche durant les travaux, copieusement arrosé à l'occasion d'un départ de feu dans les toilettes, utilisé comme échafaudage quand ils avaient repeint le plafond –, oui, sans doute manquait-il désormais d'un peu d'allure, ses notes n'étaient-elles plus si claires, mais au moins le son ne sortait pas d'un appareil, d'une boîte, d'un cercueil.

Le bar se tenait presque en face des bâtiments modernes qu'occupaient les laboratoires SveOda – ceux-là mêmes qu'Anton avait hérités de son père et qu'il se félicitait à l'instant d'avoir tirés d'une assez mauvaise passe. Greg se demandait si Anton croyait le faire pleurer. Il tourna la tête sur l'imposante façade de l'accueil plongée dans l'obscurité. Elle était vraiment noire, peu rassurante, on ne distinguait aucun détail. Combien de fois s'était-il contenté de fermer les yeux, combien de fois avait-il dû la boucler. Il n'y avait pas grand-chose au monde de plus facile à faire.

Anton le déposa en bas de chez lui. Au moment de se quitter, il se pencha vers Greg qui avait déjà mis un pied dehors et il le remercia pour son aide. On ne peut rien te refuser, répondit Greg.

Ils échangèrent un regard dont aucun mot ne pourrait rendre compte. Puis ils se souhaitèrent bonne nuit.

Lucie avait recyclé un flacon de lave-vitre en brumisateur et elle le gardait à la main. Elle avait branché le lecteur sur une batterie et regardait cette fille qui avait écrit un livre – et qui avait pas mal grandi aujourd'hui. À l'époque, elle avait des nattes, déclara-t-il en saisissant un éventail. Mais je la reconnais. Avec une dizaine d'années de plus, mais on la reconnaît bien.

Il la laissa regarder la fin de l'interview et fila sous la douche, le cœur plein d'espoir. Depuis quelques jours, elle était désagréablement tiède. Il lui sembla pourtant qu'elle avait perdu deux ou trois degrés, ce qui n'était pas énorme, mais il s'en contenta, il avait l'impression que l'on respirait un peu mieux, et c'était encourageant.

Il passa en caleçon, les cheveux mouillés, derrière Lucie qui prenait des notes sur le générique, et il sortit sur la terrasse. Lucie portait encore des couches quand l'image de cette gamine avec ses nattes avait fait le tour des écrans de la planète. Ça semblait si loin aujourd'hui. La fille qui voulait sécher l'école pour sauver le monde. Et on ne lui avait pas élevé une statue, on ne l'avait même pas collée sur un timbre.

Et depuis quand tu t'intéresses à elle, demanda-t-il accoudé devant les eaux noires du lac qui miroitait en contrebas.

Je dois écrire un truc sur elle, sur la sortie de son bouquin. J'aimerais qu'elle me dise ce qu'elle pense du chemin parcouru ces dix dernières années. Je dois la rencontrer.

Il se tourna vers elle en souriant. Il la considéra un instant puis déclara en hochant la tête que c'était une bonne idée.

Lucie ne connaissait pas la demi-mesure. Elle bûchait son sujet comme s'il allait rester dans les annales alors que plus personne ne lisait le bulletin de son école. Mais elle s'en fichait, elle faisait ça pour elle. De temps en temps, elle fermait les yeux et elle s'enveloppait le visage d'un voile de vapeur luminescent.

Quand elle dormait chez lui, Greg lui laissait la chambre et prenait le canapé du salon. Il lui fichait la paix. Il comprenait. Les tensions entre Anton et Sylvia, le retour de sa sœur dans son fauteuil roulant, Greg imaginait l'ambiance et il tâchait d'être suffisamment présent pour elle. Ça ne remplaçait rien pour lui, mais un peu quand même. Certains soirs, ils allaient voir un film ou faisaient une partie de bowling. Le bruit des boules et des quilles qui valdinguaient n'était rien comparé au vacarme blanc auquel elle échappait.

Le fait est qu'Aude était devenue complètement folle et que, même sous tranquillisants, elle rendait la vie des autres impossible. On entendait parfois ses hurlements jusqu'au bout de la rue. Il n'y avait pas encore eu de plaintes, les voisins semblaient compatir au sort de cette pauvre fille clouée jusqu'à sa mort sur un fauteuil roulant et ils montaient le son. Désormais elle haïssait Dieu, le monde entier, et elle en particulier. Ce corps sans vie, ce cadavre ambulant. À présent, Sylvia ne pleurait plus mais ses yeux restaient rouges en permanence. De son côté, Anton rentrait le plus tard possible, se levait tôt le matin. Greg voyait le topo. Aude s'en était prise à lui deux fois de suite, elle avait agrippé son bras avec rage, elle s'était mise à lui hurler dans les oreilles et, depuis, il écourtait ses visites, il passait en coup de vent, se tenait à distance de son fauteuil. Il n'était pas responsable de ce qui lui était arrivé. Elle n'était pas venue lui demander la permission de s'éloigner en dehors du périmètre. Aucune fille sensée n'aurait fait ça. Il y avait des règles élémentaires de sûreté à respecter. Surtout à la tombée de la nuit. Tout le monde savait ça.

Il s'installa sur un transat en attendant que Lucie libère la salle de bains. La chaleur devenait presque supportable si l'on ne bougeait pas. Mais il ne fallait pas se plaindre, l'année passée avait été pire. Des forêts entières avaient séché sur pied.

On entendait à peine le lac qui clapotait en contrebas comme de la boue. Elle sortit enroulée dans une serviette et lui fit un signe avant de disparaître dans la chambre. Il se demandait si elle comprenait bien ce qu'Anton et lui fabriquaient, ou si elle ne voulait pas voir qu'ils étaient le genre de salauds qui empoisonnaient le monde en toute conscience, le genre qui la révoltait, elle comme la plupart des gens. Lorsqu'il y avait une manifestation avec des personnes qui gueulaient et des pancartes, ils fermaient les grilles du labo et les vigiles se repliaient à l'intérieur. Puis le beau-père et l'oncle se tournaient vers Lucie et ils prétendaient qu'il ne fallait pas faire d'amalgame, ils n'étaient pas les seuls laboratoires du pays, ils ne niaient pas qu'il en existait sans doute des malhonnêtes, des brebis galeuses, on voyait ça partout.

Ils n'étaient pas avares d'informations quand elle abordait incidemment le sujet. Aude s'en était toujours fichue, mais Lucie mettait son nez partout. Ils étaient prompts, néanmoins, à colmater les brèches tout en restant dans le flou, le non-dit, le vague. Enfin, pour la rassurer, ils la rassuraient. Sur tous les registres. Beaucoup s'y seraient laissé prendre car ils étaient d'assez bons acteurs, ils ne tardaient jamais à jurer la main sur le cœur, à protester de leur innocence avec des trémolos dans leurs voix de créatures blessées.

Elle ressortit de sa chambre en chemise de nuit et vint se planter devant lui. J'ai réfléchi, là, dit-elle, et je me suis dit pourquoi tu ne viendrais pas avec moi. Ça pourrait t'intéresser.

Il fit l'effort de se redresser, d'afficher un air aimable. Non, c'est gentil, tu sais, je connais tous ces discours par cœur. J'ai affaire à ces gens-là en permanence.

Elle croisa les bras. J'aimerais que tu la voies, que tu me donnes ton avis.

Des bateaux à aubes traversaient encore le lac, des antiquités avec de grosses cheminées. Il y avait la queue sur le quai d'embarquement, certains s'offraient des allers et retours sur le pont uniquement pour avoir un peu d'air et c'était le dernier de la journée qui s'annonçait avec des beuglements de cors de chasse.

Il rentra et retrouva la séquence où la jeune femme faisait la promotion de son livre, dix ans après ses premiers discours. Le sous-titrage n'était pas fameux mais la voix était agréable. Il se prépara un Get 27 dans un grand verre tout en gardant un œil sur la suite de l'émission. Au fond, il ne regrettait pas d'avoir accédé à la requête de Lucie. Il s'évitait ainsi de passer pour le dernier des ploucs, en retard de plusieurs guerres. Son fils aurait son âge aujourd'hui. Greg essayait de s'imaginer ce qu'il aurait pensé d'elle. Il aurait sans doute foncé.

Son fils était mort à un âge où les relations avec le père étaient ordinairement pourries. Ça n'avait pas arrangé sa culpabilité paternelle. Mais aujourd'hui, les nuages s'étaient écartés et ils s'entendaient bien mieux qu'auparavant. Il n'avait plus mal. Tout allait bien. Hormis cette chose terrible, terrifiante, qui lui donnait de solides brûlures d'estomac. Leurs visages s'effaçaient. Leurs visages disparaissaient, devenaient flous, celui de Nicky comme celui de Denise. Les photos n'y faisaient rien, il ne les regardait plus.

Il se resservait un Get quand le courant fut rétabli. Il éteignit les lumières et alluma les ventilateurs, relança la machine à glaçons. Nicky subissait une forte poussée d'acné à l'époque et son humeur était le plus souvent exécrable, mais ils s'étaient depuis réconciliés par la pensée, en tout cas de son côté. Les choses étaient plus compliquées avec Denise, forcément. Elle n'hésitait pas à se manifester, à lui apparaître, à se camper devant lui. Elle ne lui faisait pas de cadeau. Parfois elle lui faisait baisser la tête.

Machinalement, il rinça et remplit des bouteilles d'eau pour le frigo. La lune ondulait à la surface du lac où plus rien ne bougeait à présent. Il se laissa aller sur le canapé sans même se donner la peine de le déplier.

La fameuse rencontre se déroula une semaine plus tard, dans les salons de son éditrice, une certaine Véra qui tapa aussitôt dans l'œil de Greg. Il ressentit comme une secousse. Qui se confirma lorsqu'il toucha la main qu'elle lui tendait.

Alors tu en penses quoi. J'étais comment, s'empressa d'interroger Lucie dès qu'ils mirent un pied dehors. Tu m'as filmée. C'est bon.

Il hocha la tête. Oui. Tu t'en es super bien tirée. Elle était cool, non, il me semble. Ça ne m'étonne pas. Elle était plus marrante avec ses nattes, bien sûr. Aujourd'hui, elle me fait penser à Naomi Klein, pour différentes raisons. Tu veux boire quoi.

On s'est engagés dans son mouvement. On a formé un groupe à l'école, déclara Lucie de but en blanc.

Quand il leva les yeux sur elle, Lucie le fixait déjà, intensément. Il la considéra un instant avant de reporter son attention sur la carte.

Je ne sais pas, dit-il. Elle a l'air bien. Il faut avoir des convictions dans la vie.

D'ordinaire, Lucie n'était pas très expansive, les effusions ne la concernaient pas. Elle sauta cependant de sa chaise et se jeta à son cou. Greg s'attendait, au mieux, à un demi-sourire de sympathie, peut-être un clin d'œil, mais là, elle faillit le renverser de son siège et il rattrapa son verre au dernier moment.

Remis d'aplomb, il déclara que oui, bien sûr que oui, il était de son côté, elle pouvait compter sur son aide, il ferait bloc derrière elle. C'était visiblement ce qu'elle voulait entendre. De joie, elle commanda un deuxième Coca.

J'ai peur qu'ils ne le prennent pas aussi bien que toi.

Ça va les inquiéter, bien sûr. Ta mère se raidit un peu plus chaque jour à cause de ta sœur et Anton n'a pas apprécié les tags sur les murs du labo. On n'a pas les meilleures cartes en main, je ne te mens pas, mais on va s'en occuper, toi et moi.

La proposition de Greg semblait lui convenir. Elle semblait tout à fait satisfaite de leur accord. À quatorze ans, elle était sur le fil du rasoir, moitié femme moitié enfant, et c'était un étonnant spectacle car elle pouvait passer de l'une à l'autre à la vitesse de l'éclair.

Elle s'étira. Et cette femme, Véra, l'interrogea-t-elle, on aurait dit qu'elle te plaisait bien.

Il sortit son éventail de sa poche et l'actionna. Oui, on peut dire ça, déclara-t-il. C'est la vérité. Heureusement que ça n'arrive pas tous les jours.

Ils s'étaient installés en terrasse car Lucie était contre l'air climatisé.

Ah bon. Et depuis quand.

Depuis que je réfléchis.

Tout allait de plus en plus vite, aujourd'hui, les filles commençaient à penser dès quatorze ans. Il l'observa avec intérêt tandis qu'elle terminait son verre. Elle avait eu son fameux entretien et voilà qu'elle venait de l'enrôler dans son camp. Il saluait la manœuvre.

Il jeta un bref coup d'œil autour de lui et se pencha vers elle. Eh bien, ne le dis à personne, fit-il, mais je suis fier de toi. De ton engagement. Tu savais les ennuis que tu allais t'attirer et tu l'as fait quand même, je suis fier de toi. Si tu reveux un Coca, n'hésite pas.

Devant eux, deux types en trottinette se télescopèrent.

Ils nous emmerdent à circuler sur les trottoirs, grommela Greg.

Il l'emmena déjeuner. Il lui montra quelques photos qu'il avait prises pendant l'entretien. Il s'arrêta sur l'une d'elles avec Véra qui se tenait en retrait pour traduire si besoin était et, en la regardant, il ressentit le même choc une seconde fois. Il se demanda s'il venait de tourner la page de ces cinq dernières années, s'il n'avait pas enfin la réponse aux questions qu'il finissait lui-même par se poser. Y avait-il une vie après la mort. Y avait-il une femme pour le tirer de son sommeil. Il aurait répondu deux fois non en se levant ce matin-là. Comme quoi.

Lucie fit une petite grimace. Je la sens moyen, dit-elle.

Ne t'inquiète pas pour ça.

De quoi tu parles.

De ton flair. Je te parle de ton flair. Elle m'a plutôt envoyé des bonnes vibrations. Je ne la sens pas moyen du tout, moi. J'ai discuté avec elle un moment et c'était bien, c'était détendu. On a ri.

Tu fais ce que tu veux. Je te donne mon sentiment.

Écoute, je vais t'aider à faire avaler la pilule à ta mère. Je n'en fais pas une condition. Mais laisse-lui une chance, fais-le pour moi. J'apprécierai, tu sais.

On dirait que tu es sûr de te la faire. Que tu vas nous la présenter demain. Peut-être qu'elle est mariée, elle vit peut-être avec quelqu'un.

Non, je l'aurais senti.

Et ça ne t'inquiète pas.

Non, pas du tout.

Peut-être que tu n'es pas son type.

Elle m'a donné son mail. Et son numéro personnel. J'ai promis de la contacter.

Elle haussa les épaules. D'accord. Je ferai attention, je sourirai, je vais faire mon possible. Mais tu as de drôles de goûts, je trouve, je me permets de te le dire.

En rentrant, elle se mit au travail, s'installa sur la terrasse, à l'ombre du store, pour écouter ses enregistrements en prenant des notes. Il en profita pour ranger un peu car elle avait tendance à tout laisser traîner. Le frigo avait fonctionné, il se servit un grand verre d'eau fraîche avec une rondelle de citron. Il apporta le même à Lucie, le posa près d'elle, sur le guéridon.

À l'heure de sortie des bureaux, les rives du lac étaient prises d'assaut. C'était un miracle d'habiter sur les hauteurs, à l'écart de cette cohue qui se jetait à l'eau comme un seul homme et se garait sur les trottoirs.

Et son bouquin est comment, demanda Greg.

Je vais te l'envoyer, tu verras. C'est une profession de foi. C'est beau, ça stimule. Ça donne envie de lever une armée. Tu crois que je plaisante.

Non, bien sûr que non. Loin de là. Ça se détériore d'année en année, dans tous les coins, je sais bien que tu ne plaisantes pas.

Tu l'as écoutée, tu l'as entendue. Bientôt il sera trop tard, on n'aura plus que nos yeux pour pleurer.

Je suis entièrement d'accord. Il est où le truc pour faire un don.

Ils restèrent un moment silencieux. Le ciel était si laiteux que la nuit le brouillait à peine, le lac en contrebas prenait une teinte de vieux cuivre et d'étain. Des lumières brillaient au loin, sur la rive opposée, sous un voile brumeux. On va lui apporter notre aide, déclara Lucie en hochant la tête. On va grossir ses rangs. On va tenir des réunions, on va participer au mouvement.

Greg acquiesça sans la regarder. Trafiquer des résultats d'analyses ne rendait pas arrogant.

Il retrouva Véra quelques jours plus tard. Il avait passé sa journée au labo, avec les types de l'Inspection, à tout reprendre point par point, à sortir tous les registres, à fouiller les ordinateurs, etc., et ce n'était que le début, il avait envie de se changer les idées. Il entra dans la librairie. Il y avait peu de monde. Il examina les livres qu'elle éditait, pour une bonne part consacrés à l'écologie, à tout ce qui s'y rapportait de près ou de loin. Tout à fait le genre de librairie qu'il évitait dans sa situation, il préférait changer de trottoir et balancer quelques euros dans le gobelet en carton d'un mendiant.

La veille, il avait téléphoné à son médecin pour savoir si cette précipitation qu'il ressentait, cette attirance obscure, avait un rapport avec les cinq années d'abstinence qui lui étaient échues ou si ça venait des médicaments qu'il prenait. L'homme n'avait pas su dire.

Lorsqu'il l'aperçut, venant à sa rencontre, le feu lui monta aux joues – mais d'autres qui arrivaient du dehors étaient écarlates.

J'ai eu envie de vous voir tout à coup, dit-il. Ne me demandez pas pourquoi. J'espère que je ne vous dérange pas.

Si je vous disais que ça m'arrive assez souvent, répondit-elle en lui tenant la main. Ces besoins irrépressibles. Résister ne sert à rien, bien entendu.

Il enfonça ses mains dans ses poches.

Je vous ai envoyé le lien pour l'entretien, dit-il. Lucie était vraiment satisfaite, elle en rêvait. Elle y travaille déjà.

Votre nièce est formidable. Nous sommes ravis de l'avoir avec nous. Très intelligente. Forte personnalité. Elle est la coqueluche de son lycée, vous savez.

Oui, je peux l'imaginer.

Il leva le nez vers les étagères de livres qui couvraient les murs. Il aimait l'odeur des librairies, l'odeur de l'encre et du papier. Les choses ne sentaient plus grand-chose en général, mais certaines résistaient. Parfois il choisissait des livres à l'odeur – ce qui rendait nerveux les vendeurs et les gars en costume sombre qui s'inquiétaient de voir un type qui flanquait son nez dans les livres comme un malade. Plus personne aujourd'hui n'aurait eu l'idée de voler des livres, alors ils surveillaient quoi, les vigiles, s'interrogeait Greg.

Nous avons eu un colis piégé, ce matin, expliqua-t-elle. Tout le monde est encore passablement nerveux.

Il eut l'impression qu'elle venait de lire dans ses pensées. C'était mauvais signe.

On va finir par ne plus connaître quelqu'un à qui ce n'est pas arrivé, soupira Véra. La police a barré la rue pendant des heures. Un peu plus tôt, vous ne passiez pas. Ils ont envoyé un robot mais celui-ci a pris feu, au bout du compte. Ils sont restés stupéfaits.

Véra, je me disais. J'ai eu une rude journée. Vous aussi. Le soir tombe. Et si nous allions boire un verre.

Elle hésita deux ou trois secondes.

L'effet qu'elle produisait sur lui n'en finissait pas de l'étonner. Il n'écoutait pas trop ce qu'elle disait. C'était si agréable de la regarder repêcher des rondelles de concombre dans son gin-tonic avec un cure-dent, le dos bien droit.

Vous êtes mariée, finit-il par lui demander.

Elle hésita de nouveau deux ou trois secondes.

Je suis divorcée. Mais vous êtes bien curieux, fit-elle en souriant.

Je n'ai pas cessé de penser à vous, depuis l'autre jour. Bien sûr que je suis curieux. Je vous trouve formidable. Est-ce que je peux dire ça, nous nous connaissons à peine. Vous devez vous dire ce type est cinglé.

Je vais prendre un autre verre, dit-elle.

Il fit signe au barman.

Il n'espérait pas coucher avec elle dès le premier soir. De sorte qu'il jugea positif, très positif même, le résultat de cette première approche. Ils avaient passé un bon moment. Elle était très impliquée dans ce mouvement pour sauver la planète, c'était une militante. Il y avait des causes moins nobles. À différentes reprises, ils avaient échangé un regard particulier. Et le gin aidant, ils avaient fini par plaisanter comme de vieilles connaissances.

Sans parler de grande réussite, il s'estimait heureux. Sans doute n'avait-il pas accompli d'exploit, ne pouvait-il se prévaloir d'une avancée spectaculaire, mais il se sentait mieux, en tout cas plus léger. Il revenait de si loin, tout à coup, lui seul savait à quel point.

Le plus étrange venait du fait que Denise ne se soit pas manifestée. Elle ne s'en était pas privée pour les quelques femmes avec lesquelles il avait couché après l'accident. Elle applaudissait en grimaçant lorsqu'il mettait fin à ces lamentables liaisons qui la déshonoraient, prétendait-elle tout en lui rappelant qu'elle était et resterait sa femme car il n'y avait qu'un seul monde. Les morts et les vivants ne se quittaient jamais.

Il s'arrêta en bas de chez lui. Il leva les yeux vers le ciel épais, d'un gris jaunâtre, et il tendit l'oreille, le dos rond, mais Denise ne fit aucune apparition, ne lui adressa aucune mise en garde. Il se redressa, lui accorda encore une minute, mais ne voyant rien venir, n'écoutant que le silence, il prit une profonde inspiration, vérifia que le lac était toujours à sa place, puis il rentra.

Il se déshabilla et repensait à la réaction de Véra devant la Porsche tandis qu'il se lavait les dents. Elle s'était vite rattrapée, en avait même vanté la couleur, mais il n'était pas complètement aveugle. Il n'aurait pas fallu qu'il porte une Rolex, pardessus le marché.

Il se rinça la bouche. Après la mort de Denise, il avait eu besoin d'une voiture qui roule vite.

Mais il comprenait. Si elle avait ouvert de grands yeux, arboré un sourire satisfait, il n'aurait pas particulièrement apprécié non plus.

Il lui tardait de la revoir. Il passa des journées mortelles avec les inspecteurs, lesquels avaient fini par mettre la main sur certaines anomalies dans les écritures, certains résultats d'analyses pour le moins étonnants. Le cabinet d'avocats lui avait recommandé de jouer l'incompréhension, le type qui tombe des nues. Il consacra le plus clair de son temps à faire l'imbécile.

Ils savent que nous nous fichons de leur gueule, déclara-t-il à Anton.

Celui-ci haussa les épaules avant de répondre.

Ce n'est pas sûr. C'est possible. Tout le monde peut faire des erreurs. On va leur expliquer, ne t'inquiète pas. Nous avons nos experts, nous aussi. Ils nous coûtent cher mais ils garantissent le résultat. Et puis n'oublie pas que nous avons sauvé des emplois, mon vieux, sinon la boîte coulait.

Tu veux dire et nous avec.

Et nous avec, exactement.

Il mit fin à la conversation d'un geste péremptoire pour prendre un appel avant de s'éclipser comme un voleur.

Il est fichu d'avoir une maîtresse, ricana Aude dans son dos. C'est Sylvia qui va être contente quand elle va l'apprendre.

Je crois que ta mère n'a pas besoin d'une épreuve supplémentaire, en ce moment. Cette chaleur, ça finit par nous user les nerfs. Ta sœur est sur le point de lui annoncer son enrôlement pour la défense de la planète. Ça va faire beaucoup.

Elle avança son fauteuil jusqu'à lui. Rares étaient ceux qui utilisaient encore cet ancien modèle, sans moteur, en dehors des excentriques et des snobs – pour Aude et quelques autres, c'était avant tout une question d'attitude, ce que l'on perdait en mobilité, prétendait-elle, on le gagnait en estime de soi, on restait le maître.

Ce qui va faire beaucoup, dit-elle, c'est quand je ne serai plus là.

Qu'est-ce que tu racontes.

C'était la question qu'elle attendait avant de poursuivre, il la lui avait donc posée afin de ne pas la priver du petit effet qu'elle s'offrait à bon compte.

Je ne vais pas moisir ici, ça ne risque pas, repritelle. C'est l'enfer dans cette maison.

Oui, je sais. J'imagine. Aude, personne ne dit que c'est drôle. C'est pour toi que je me fais du mauvais sang.

Ah, ben ça, c'est nouveau, c'est une première. Voilà que tu t'inquiètes pour moi, maintenant, on aura tout vu.

Ne crois pas tout savoir. Les gens ne sont pas d'un bloc. En tout cas, j'espère que tu n'as pas l'intention de faire du stop.

Pourquoi pas, j'ai encore le haut qui fonctionne.

Il soupira en agitant une main désabusée devant lui.

Aude, écoute, je suis désolé de le dire mais vous commencez à m'emmerder avec toutes vos histoires. Je n'ai pas la tête à ça, en ce moment.

Oui, je sais, elle s'appelle Véra.

On a des soucis au labo. Chaque minute est une prise de tête. C'est ce que je voulais dire.

Je la connais. Je suis sortie avec son fils, à une époque. Elle a toujours milité pour les Verts, ce qui a foutu son mariage en l'air, d'ailleurs. Alors c'est ça, ton genre.

Je ne vais pas t'expliquer des choses que tu connais. Disons que je la trouve attirante.

Je voudrais quand même voir ça avant de partir. Je peux retarder mon départ de quelques jours.

De quoi tu parles. Et tes séances, ton traitement. Est-ce que tu plaisantes.

J'arrête. Je n'y crois plus. J'emmerde la robotique. J'emmerde tous leurs trucs.

Si j'étais ton père, je t'enfermerais. Je te laisserais ton ordinateur mais je te retiendrais de force en pensant que c'est pour ton bien.

Ils n'en savent rien si ça peut marcher. Ça fonctionne sur les chimpanzés, c'est tout ce qu'on sait. Tu trouves ça rassurant, toi. La vérité, c'est que c'est de rester ici qui va me tuer. Ça ne date pas d'aujourd'hui. Je ne vais pas attendre de retrouver mes jambes pour me barrer d'ici. Je suis majeure. Je ne suis pas encore morte, je te signale.

Écoute, je ne sais pas quoi te dire, mais très bien, puisque c'est comme ça, très bien. Mais je veux que nous en parlions. Il n'est pas nécessaire de faire n'importe quoi. J'aimerais que nous en parlions tranquillement tous les deux.

Tu n'espères pas me faire changer d'avis, dis-moi.

Ça non, je n'essaierais même pas.

Il y avait toujours eu, entre Aude et lui, une légère distance, depuis toute petite – elle ne voulait pas qu'il la prenne dans ses bras –, et les années n'avaient rien arrangé – surtout depuis que leur père les avait abandonnées du jour au lendemain. Elle avait de bons côtés, mais Greg n'en profitait pas souvent et la trouvait assez mal lunée envers lui la plupart du temps. Il n'avait plus manqué qu'elle le rendît plus ou moins responsable de son accident. Tu n'avais qu'à t'occuper de tes affaires espèce de connard de putain de chien de garde à la con, lui avait-elle balancé sans prévenir un matin. Il ne lui avait plus adressé la parole durant une semaine, jusqu'à ce qu'elle vienne s'excuser. La tension était vaguement retombée depuis, ce qui ne l'empêchait pas de rester méfiant. Elle était moins secrète que Lucie, mais plus éruptive.

Le retour d'Anton en peignoir de bain mit fin à leur échange. Elle s'éloigna vers la baie aussitôt.

J'ai l'impression d'avoir la gale, soupira Anton. C'est pénible. Tu la vois. Le dialogue n'est pas facile. Elle se défile vite.

Je crois qu'il va falloir s'y habituer, fit Greg en la regardant tournée vers le jardin, cramponnée à son fauteuil comme si elle affrontait une tempête. Ça ne s'éteint pas, chez elle. Ça va prendre un moment.

Tu ne sais pas ce que c'est de vivre avec elle depuis. C'est difficile.

Anton était passé derrière le bar et préparait des verres. La pénombre s'installait dans la pièce tandis que des spots éclairaient la piscine. L'arrosage automatique se mit en marche dans le jardin.

On n'a plus qu'à attendre, déclara Anton. On va être un peu plus tranquilles, ils vont nous lâcher un moment.

Ils nous ont fait prendre du retard, répondit Greg. Je vais voir. Je vais proposer à l'équipe de travailler plus pour gagner plus. J'en connais qui seront ravis.

Ça serait bien, ça serait très bien. Greg, on ne se laisse pas déborder, okay.

Greg acquiesça. Anton plongea dans la piscine. Aude, qui les observait du seuil, pivota sur son fauteuil et regagna sa chambre. Greg la suivit des yeux puis vida son gin tonic.

Sa mère, elle va finir par la rendre folle, déclara Anton en s'accoudant au rebord. Sylvia se lève en pleine nuit quand elle l'entend crier. Sauf qu'elle ne pousse pas des cris de douleur, je le croyais au début. Mais non, mon vieux, elle pousse des cris de rage. Qu'est-ce que tu veux faire contre ça. Y a rien à faire.

Greg se dispensa de répondre. Durant quelques jours, la température avait légèrement baissé, mais elle était vite remontée et il avait sorti son éventail.

Elle va lever le camp d'ici, lâcha-t-il sans préambule, elle me l'a dit. Je ne sais pas si c'est une bonne ou une mauvaise nouvelle, mais ça va bientôt nous tomber dessus. Elle va plier bagage sans prévenir, il faut s'y attendre. Nous ne sommes pas encore au bout de nos soucis.

C'est une zone de turbulences, fit Anton, il n'y a aucun doute. Nous traversons une période un peu agitée. Mais ce n'est pas la première et nous nous en sommes toujours sortis.

Pas comme ça, soupira Greg. En tout cas, pas en même temps. J'imagine la tête de Sylvia quand elle trouvera la chambre vide.

Je serai là. Je lui parlerai.

Ça risque de ne pas suffire.

Une fille en fauteuil roulant ne peut pas aller bien loin.

On dirait que tu ne la connais pas. Ce n'est pas une mauviette.

Il prit le temps de s'accroupir devant Anton pour lui parler de plus près.

Pour en revenir à notre conversation, reprit-il, l'un des inspecteurs m'a lancé en sortant j'espère que vous êtes grassement payés pour faire ça.

Oui, bien sûr. C'est toujours la même rengaine. Mais c'est un aveu d'impuissance de leur part. Ils ne doivent pas avoir grand-chose à se mettre sous la dent.

Ça veut quand même dire qu'ils ne sont pas dupes.

Grand bien leur fasse. Qu'ils s'accrochent leur moralité autour du cou, ça ne me gêne pas. On ne va pas discuter de ça avec eux. Je ne m'intéresse pas à ce qu'ils pensent de moi. Ils peuvent penser ce qu'ils veulent.

Il fit un aller et retour sans se presser, une petite largeur, à peine quelques vaguelettes, sur le dos, souriant vers le ciel qui ne payait pourtant pas de mine tandis que Greg restait sceptique sur la suite des événements.

Anton accosta de nouveau près de lui et déclara qu'il avait une idée, pour Aude. C'était de mettre un mouchard dans son fauteuil. C'était une sécurité, c'était mieux que rien. Et le choc serait moins brutal pour Sylvia qui était déjà à bout de nerfs.

Greg était d'accord mais il n'y croyait pas beaucoup. Aude n'était pas si bête. Ils ne seraient pas près de la retrouver si elle mettait les voiles pour de bon. Il attendait davantage d'une vraie conversation avec elle, il y avait certainement d'autres solutions à examiner, d'autres pistes à explorer, il fallait tout mettre sur la table, ne rien écarter. Elle lui avait promis qu'ils parleraient.

La librairie était pleine à craquer, les gens débordaient sur le trottoir et sur la rue. Ils trouvèrent une place avec difficulté pour se garer. La pollution empêchait de distinguer la lune mais sa lueur s'étalait dans le ciel comme un néon dans le brouillard.

C'était un public assez jeune. La Grande Prêtresse du mouvement dédicaçait son livre et chacun avait son mot à dire, puis son nom à épeler, si bien que les lieux ne désemplissaient pas. Lucie retrouva la bande de son lycée et ils discutèrent dans leur coin. Après tout, ce soir-là, Aude avait sans doute suivi un type dans les bois. Lucie n'avait pas encore cette témérité hallucinante. Il lui fit signe de rester par là avant de suivre Véra dans l'escalier qui menait à son bureau.

Ils s'arrêtèrent en entendant des cris, des invectives en provenance de la rue. Des gens se tapaient dessus, d'autres cherchaient à se protéger de l'échauffourée en trouvant refuge dans la librairie, le chaos régnait, les livres dégringolaient des rayons. La police intervint presque aussitôt et, lorsque Greg réussit enfin à mettre un pied dehors, il n'y avait pratiquement plus rien à voir sinon quelques coquards, quelques nez qui saignaient, quelques larmes. Le calme était revenu. Les ambulances étaient reparties vides.

L'écrivaine avait gardé son sang-froid, elle souriait et proposait de reprendre la signature si le public le souhaitait. Un écrivain bien élevé est une chose rare.

Lorsqu'il rejoignit Lucie, elle tenait un bâton à la main. Elle expliqua que c'était pour se défendre, qu'il s'agissait d'un morceau de manche à balai. Ils étaient une demi-douzaine avec elle, retranchés dans un bureau, prêts à vendre chèrement leur peau – une fille brandissait son casque de moto au-dessus de sa tête. L'alerte est passée, soupira-t-il. La voie est libre.

Il aida Véra à remettre un peu d'ordre, ramassa quelques livres, redressa un présentoir.

Ce n'est pas qu'elle, c'est aussi la maison d'édition, c'est un tout, déclara Véra en arrangeant les piles de livres en équilibre précaire sur les tables. Nos idées ne plaisent pas à tout le monde. Il y a trop d'intérêts en jeu. L'an dernier, ils ont jeté de la peinture sur la façade. Mais moi, c'est le feu qui me fait peur. J'habite au-dessus, vous comprenez.

Il éprouvait un vrai plaisir à parler avec elle. Véra devait être un peu plus âgée que lui. Elle avait un visage lumineux. Même lorsqu'elle ne disait rien, il la trouvait spirituelle.

À la fin de ses signatures, la jeune femme ne s'attarda pas. Elle sauta dans un taxi. Ses fans l'entourèrent. Elle baissa son carreau et embrassa Lucie sur le front.

Bon, là, je crois que c'est foutu, pensa Greg devant ce spectacle. Il ne manquait plus que ça.

Je crois que Lucie vient de se faire une nouvelle amie, déclara Véra dans son dos.

Vous avez lu son papier, il est très bien, n'est-ce pas.

Étonnant. Je vais le faire imprimer. Je vais en tirer une centaine, des plaquettes numérotées, signées de la main de Lucie. Petit cadeau pour nos meilleurs clients. Vous savez qu'elle a un sacré talent.

Elle est parfois fatigante, mais c'est vrai, elle est assez brillante. Je m'entends bien avec elle. Je l'aime bien, vraiment. Elle me traîne un peu partout. Je pourrais être son père. Avec sa sœur aînée c'est plus compliqué, c'est un autre genre de caractère.

Oui, Aude. Je la connais. Elle est sortie avec mon fils durant quelques mois. Il est reparti vivre avec son père, j'ai fini par capituler. J'ai senti qu'il était davantage son fils que le mien. On se parle au téléphone, on se tient au courant. Il va bien, j'imagine. Il veut ressembler à son père et son père est l'homme que j'ai quitté.

Je vois.

Le problème venait du fait qu'il était incapable de la quitter des yeux. Il était parfois obligé de tourner la tête pour ne pas la mettre mal à l'aise. Ou bien il attrapait un livre sur un rayon, n'importe lequel, un truc sur la préservation des écosystèmes, et il hochait la tête d'un air entendu alors que le bouquin aurait dû prendre feu entre ses mains – celles d'un diable saisissant une bible.

C'est au moment de prendre congé, au moment où l'on tendait la joue, qu'elle se pressa furtivement contre lui. Avant qu'il ait eu le temps de dire ouf, de se demander s'il n'avait pas rêvé ou pris ses désirs pour des réalités, elle avait tourné les talons sans se troubler le moins du monde et distribuait innocemment quelques derniers baisers alentour.

Je vous ai vus, déclara Lucie dès qu'ils se remirent en route.

Ah oui, fit-il en se concentrant sur la conduite car ils traversaient des nappes de brume aussi épaisse que du coton. Tu as de la chance d'avoir vu quelque chose. Tu as de sacrés bons yeux, dis donc. Ou c'est moi qui suis aveugle.

En attendant, les choses avancent.

Mmm. Il y a encore loin de la coupe aux lèvres si tu veux mon avis. Pour commencer, elle n'aime pas ma Porsche. Aujourd'hui, ça coûte un maximum pour obtenir l'autorisation de rouler avec un moteur thermique. Mais tu sais, on n'a pas tant de plaisirs que ça dans la vie.

À ces mots, et tandis qu'il restait dubitatif, le brouillard sembla se dissiper, la route apparut dans une trouée vaporeuse et Greg ricana, changea brutalement de vitesse et enfonça l'accélérateur pour s'élancer dans le premier virage.

Sa femme et son fils s'étaient tués dans un accident de voiture et personne n'avait compris qu'il puisse encore tenir un volant entre ses mains et d'ailleurs, personne n'avait cherché à comprendre, personne ne voulait le contrarier. Il importait seulement qu'il remonte la pente. L'heure n'était pas aux explications.

Au moins, c'était un excellent conducteur. Lucie se cramponnait mais elle n'avait pas peur et la Porsche filait comme une flèche, crissait dans les virages, bondissait au-dessus des bosses, Greg gardait une main sur le changement de vitesses et conduisait avec le sourire.

Il leva le pied lorsqu'ils retournèrent dans la brume.

Tu vois ce que je veux dire, demanda-t-il à Lucie qui se contenta de secouer la tête sans prononcer un mot. Véra aurait peut-être poussé des hurlements à ta place, elle aurait insisté pour descendre ou je ne sais quoi. Tu me diras, c'est un risque à courir. C'est la loi du genre. Je croyais que tu ne la sentais pas trop, au début.

Bon, j'apprends à la connaître. Je ne suis pas bornée. Je suis même contente de m'être trompée. Elle assure. Elle est très impliquée dans le mouvement. Je ne sais pas si elle dort la nuit. Il n'y a pas qu'ici, ça bouge partout. C'est pas la première fois que des types s'en prennent à sa maison d'édition. Elle fait peur.

Moi, c'est toi qui me fais peur. Moi aussi je t'ai vue quand la jeune femme t'a gratifiée d'un baiser. C'était bien. J'ai cru que tu allais te mettre à léviter. Mais bref, Lucie, sérieusement, sois quand même prudente. Ça n'a pas l'air aussi tranquille que je le pensais, ton histoire. Ne va pas te retrouver au milieu d'une bataille rangée.

Ils s'arrêtèrent pour manger une glace avant de rentrer. Les gens étaient dehors, la chaleur les empêchait de dormir et ils traînaient au bord du lac en bâillant et certains restaient là jusqu'au lever du jour. Les glaces étaient bonnes, un peu molles. Je croyais qu'il fallait avoir des convictions dans la vie, déclara Lucie après avoir promené sa langue rose autour de son cornet à la pistache.

Ce n'est pas une obligation, mais c'est préférable, il me semble.

On est d'accord.

Oui, mais ce n'est pas comme si tu t'étais inscrite à un club de foot ou pour faire de la randonnée. Ça va être compliqué. Ta mère va s'étrangler. Bien sûr qu'il faut avoir des convictions. C'est ça ou se noyer. Mais tu nous vois annoncer à Sylvia que tu t'es embarquée là-dedans, que tu peux être virée de ton école et aussi ramasser un mauvais coup et être fichée par la police. Ça va être dur. On aurait dû procéder par paliers.

J'ai pas envie de mentir.

Procéder par paliers, je n'appelle pas ça mentir. J'appelle ça ne pas faire souffrir les autres plus que nécessaire. Tu vois. Autant que faire se peut. Tu sais de quoi je parle. On devrait avoir un minimum de pitié pour ses nerfs. Les contrariétés, ta mère les collectionne, en ce moment. Rien ne va plus, autour d'elle.

Oui, je ne suis pas aveugle. Vivement l'hiver qu'on étouffe un peu moins.

Une chose est sûre, nous devons la prendre à part. Ni Aude ni Anton dans le coin. Peut-être lui faire fumer un joint ou deux puis l'inviter dans un bon restaurant avec de la vraie nourriture.

Véra m'a dit qu'elle était prête à la rencontrer pour lui parler.

Oh. Eh bien, je ne sais pas. Peut-être, pourquoi pas. Gardons cette carte dans la manche, qui sait, ça peut nous être utile. Elle présente bien, pour une militante.

Il fit un long détour pour la raccompagner chez sa mère. Conduire ne l'ennuyait jamais. Ils étaient plutôt contents de leur soirée l'un et l'autre, malgré les affrontements dans la rue, et lui particulièrement car il avait encore en mémoire le corps de Véra contre le sien – à cette simple évocation, tous ses poils se hérissaient. Il déposa Lucie devant son portail, attendit qu'elle rentre dans la maison pour redémarrer. Le vrai bonheur commençait à partir de cet instant. Il suffisait de remplacer Lucie par de la musique. Il se décida pour un vieux concert de Mark Kozelek à Copenhague et fit demi-tour dans sa vieille 911 type 997.

Mais ni les joints ni le restaurant – elle quitta la table avant la fin – n'entamèrent la sourde résistance de Sylvia à l'embrigadement de sa fille. Elle opposa un mur sans faille à toute espèce de discussion, fléchissement, compromis, supplication, réflexion, etc., à chacune de leurs tentatives pour lui faire entendre raison Et une semaine plus tard, on ne notait chez elle aucune amélioration. Aucun signe de détente, rien.

Greg l'avait prise à part pour lui expliquer qu'elle n'employait pas la bonne méthode avec sa fille. Il aurait dû se douter qu'elle n'était pas en état d'écouter un conseil d'ami, et de fait, elle le prit mal, allant même jusqu'à prétendre qu'il aurait une mauvaise influence sur Lucie.

Encore un petit effort, dit-il, et tu pourras me coller l'accident de ton autre fille sur le dos. La boucle sera bouclée. On y verra plus clair.

Mais qu'est-ce que tu dis.

Est-ce que tu penses à elle, une seconde. Est-ce que tu peux te contenter de lui dire non, comme ça, avant même de réfléchir. Tu veux peut-être que je te félicite pour ta sagacité.

Quand j'aurai besoin de tes conseils pour élever mes filles, je te le dirai.

Je n'ai qu'une sœur. J'aurais préféré qu'elle soit moins butée.

Anton somnolait dehors, dans un hamac.

Est-ce qu'il est au courant, demanda Greg.

Peu importe. C'est moi, c'est ma décision. Elle n'a que quatorze ans, nom d'un chien. Elle a le temps de s'engager. Greg, tu m'entends, la discussion est terminée.

Lorsqu'il rapporta cette entrevue à Lucie, elle fit la moue puis haussa les épaules. Elle déclara qu'elle s'en doutait un peu, Sylvia réagissait comme la plupart des mères, ce n'était pas très original mais infiniment triste. Oui, elle s'en doutait. Elle avait déjà pensé à différentes manières, différents scénarios lui permettant de passer entre les mailles du filet. Au moins pour commencer. Lucie était persuadée qu'avec le temps sa mère finirait par laisser tomber et qu'il ne serait plus nécessaire de se cacher ni de solliciter le concours de Greg pour jouer le rôle de paravent.

Ce n'était pas demain la veille. Et quant à ce rôle de paravent, il le trouvait assez vague, il aurait aimé en savoir un peu plus car il n'était pas prêt à accepter n'importe quoi.

Il se laissa entraîner à une réunion, un soir. Lucie voulait qu'il se rende mieux compte de ce pour quoi elle se battait. C'était aussi une occasion de voir Véra, songea-t-il. Cela se passait dans une grande pièce qu'elle mettait à la disposition du mouvement, à l'arrière de la librairie. La salle était pleine et une fille parlait dans un micro – elle annonçait les vidéos qui allaient suivre, en provenance des différents pays où le mouvement était implanté.

Pendant que Lucie se frayait une place parmi ses congénères, Greg se tourna du côté de Véra qui lui demandait si tout allait bien. Il hésita puis finit par lui annoncer que Sylvia voyait tout ça d'un très mauvais œil. Il devenait très difficile de parler avec elle, d'avoir une conversation raisonnable depuis qu'Aude avait franchi la porte dans un fauteuil roulant. Lucie lui parlait tout le temps du climat épouvantable, de la tension permanente que sa mère diffusait autour d'elle et qu'Aude s'empressait d'envenimer au point que, souvent, Anton quittait la table et qu'elle-même enfilait un maillot et plongeait la tête la première dans la piscine et restait sous l'eau.

Les lumières s'éteignirent et les premières images d'une manifestation pour le climat à Sydney ouvrirent le bal.

Il faut la sortir de là, lui glissa Véra dans la pénombre. Elle étouffe.

Je lui laisse ma chambre, le week-end. Je dors sur le canapé.

J'ai peur que ce ne soit pas suffisant.

Il se rebiffa en silence, intérieurement. Elle n'avait pas à lui dire ce qu'il avait à faire avec ses nièces. L'une après l'autre, elles avaient sauté sur ses genoux, braillé à ses oreilles quand elles faisaient leurs dents, chanté avec lui pour les anniversaires, etc. Pensait-elle qu'il savait moins qu'un autre comment il convenait d'agir en l'occurrence.

Le bras de fer avec Sylvia vient juste de commencer, ajouta-t-il une fois dehors. Elle dit non aujourd'hui. Patience.

Il lui proposa son éventail, mais elle avait le sien.

J'aimerais la rencontrer, dit-elle.

Oui, mais rien ne presse. Elle n'est pas en état d'écouter quoi que ce soit. L'accident de sa fille aînée a tout compliqué, les choses ont pris une drôle de couleur. Mais au moins elle nous a entendus, elle ne tombera pas des nues.

Se sentir attirée par un homme ne voulait pas dire grand-chose pour une femme. Cette pulsion se manifestait souvent et disparaissait, la plupart du temps, aussi vite qu'elle s'était produite. Elle regarda Greg s'éloigner sur le trottoir en compagnie de Lucie. Il lui adressa un léger signe de la main avant de monter dans sa voiture à essence – bien qu'on utilisât la poudre de minerai depuis plusieurs années déjà.

Elle laissa Christine, sa secrétaire, fermer la librairie derrière elle, et elle monta directement dans son appartement avec une seule idée en tête. Prendre une douche. Sans doute pas aussi fraîche qu'on l'aurait souhaitée mais c'était mieux que rien.

Elle sema ses vêtements jusqu'à la salle de bains et ferma les yeux avant d'actionner l'eau froide. Elle aimait bien ce qui se passait entre elle et ces deux-là, cette histoire qui se mettait en place. Depuis son divorce, elle pouvait compter sur les doigts d'une seule main les rencontres intéressantes, les échanges qui valaient la peine. Compenser par le travail le manque émotionnel était une vraie gageure, mais on ne le comprenait qu'après.

Malgré cette détestable impression que le ciel s'était transformé en couvercle et que vivre au grand air ne signifiait plus grand-chose, on ne se plaignait pas d'avoir une terrasse. D'autant que celle de Véra n'avait aucun vis-à-vis, qu'elle pouvait s'y promener nue, et mieux encore nue et mouillée, offerte au moindre courant d'air qui passait, la séchait et la rafraîchissait dans un même élan. Penser qu'il faisait quarante en Alaska augmentait la transpiration. Et l'amertume. Ou encore la rage. Ou même les deux, et l'incrédulité aussi – tout de même, parfois, il fallait se pincer. De voir à quel point le climat commençait à sérieusement nous lâcher.

Elle avait édité une cinquantaine d'ouvrages sur le sujet, elle ne pouvait nier que le problème l'obsédait, au point d'ailleurs d'avoir sonné le glas de son mariage avec Ralph, irrémédiablement – ils s'étaient réveillés un matin et s'étaient rendu compte qu'un fossé s'était creusé entre eux. Ils se sentaient encore trop jeunes, trop centrés sur eux-mêmes, et elle était déjà dans son monde, qu'il fallait sauver à n'importe quel prix, chose que Ralph ne pouvait comprendre. Ralph était trop occupé à conduire ses affaires pour s'intéresser à quoi que ce soit d'autre.

Elle l'aimait bien, mais elle ne le regrettait pas. En retrouvant sa liberté, elle avait pu s'investir à fond dans le mouvement, et vivre seule était plutôt agréable, la plupart du temps. Elle participait assidûment aux réunions, aux manifestations, aux opérations coup de poing, aux meetings, elle publiait des livres de scientifiques, des pamphlets, de la poésie, des romans de Richard Powers, des manuels de survie, etc. Elle n'avait pas le temps de s'ennuyer. La distance qui séparait sa chambre de son bureau se résumait à quelques volées de marches. Mais le combat qu'elle menait, pensait-elle, était de chaque instant, obligeait à une détermination sans faille, un investissement total. Autant que possible. La perfection n'existait pas.

Elle faisait partie des quelques éditeurs qui s'entêtaient à publier des livres, des textes écrits sur du papier, qu'on pouvait tenir en main, qu'on pouvait respirer, dont les pages pouvaient être tournées, cornées, annotées, des livres qu'on pouvait attraper sur une étagère un jour de vague à l'âme et serrer contre soi. Ralph, par exemple, lire sur un écran ne le gênait pas. Ils avaient eu de vraies disputes sur le sujet et ni l'un ni l'autre n'avait bougé de ses positions. Mais déjà, elle ne l'aimait plus vraiment.

Elle avait eu quelques amants après son divorce. Des expériences qui l'avaient laissée perplexe de manière générale. Elle avait à peine dépassé la quarantaine et elle se demandait si le sexe ne commençait pas à la fatiguer. La masturbation et les accouplements virtuels suffisaient parfois amplement et tenaient à l'abri d'histoires à n'en plus finir avec l'autre, avec sa famille, son entourage, son histoire, ses goûts, ses couleurs. Elle hésitait cependant à faire une croix sur un possible éblouissement avant qu'elle ne soit trop vieille. Ah, se disait-elle, cette crainte d'avoir manqué quelque chose, de le regretter un jour, ce désir d'inconnu, ce goût d'inachevé, quel attrape-con. Il y avait de quoi sourire.

Elle resta plongée dans ses pensées cependant que la rumeur de la ville s'amuïssait et que l'on entendait le grincement alentour des branches mortes qui ne tarderaient pas à tomber et pour certaines rouleraient jusqu'au bord du lac et finiraient dans l'eau – le mois dernier, un tronc mort avait dévalé la pente, franchi la route, défoncé une barrière, manquant de peu d'écraser un promeneur et son chien, tandis que sa femme qui marchait derrière eux était tuée sur le coup.

Elle prit connaissance de ses derniers messages avant de se mettre au lit, espérant sans trop se l'avouer y découvrir un simple mot de Greg auquel elle aurait pu répondre. N'importe quoi qui aurait pu la surprendre. À vrai dire, elle se sentait d'humeur mi-figue mi-raisin.

Elle était embarrassée des ennuis que récoltait Lucie. Greg lui avait dit que sa mère lui menait la vie dure et faisait tout pour l'empêcher de rejoindre le mouvement. Ce n'était pas la première fois que Véra se heurtait aux familles. Beaucoup d'adolescents découvraient à quel point ils étaient enchaînés et une grande partie lâchait prise sous le poids des sermons, des menaces, des mouchoirs et par-dessus tout de la confiscation des smartphones et des consoles de jeux.

Elle portait une attention particulière à Lucie et répétait qu'elle était prête à rencontrer sa mère, mais sa proposition ne trouvait guère d'écho. Greg lui avait fait comprendre qu'une telle entrevue était prématurée et qu'il avait pris les choses en main. Les résultats n'étaient pas très probants. Lucie faisait face avec opiniâtreté aux différentes pressions qu'elle subissait et sa résilience, la vigueur inchangée de ses convictions, forçait l'admiration. C'était encore une gamine mais c'était déjà une vraie personne. Et elle était assez maligne.

Tu es bien consciente que ça ne va pas leur plaire, lui déclara Véra tandis qu'elles vidaient les cartons de livres de la jeune femme reçus le matin même et qui se vendaient comme des petits pains.

Oui, je le redoute. Mais qu'est-ce que je peux y faire.

Honnêtement, rien. On ne peut pas lutter. On doit suivre sa voie. Les laboratoires de ton beau-père ne sont pas spécialement visés, ce sont pratiquement la moitié des laboratoires que nous avons à l'œil. Mais tu vas devoir exécuter un sacré grand écart. Entre ta famille et nous. Prends le temps de réfléchir. Tu peux avoir à te battre contre ton beau-père, c'est aussi simple que ça.

Et je ne la connais pas, mais ta mère pourrait le prendre vraiment mal.

Oui, elle pique des crises. Elle me secoue puis elle me prend dans ses bras. Greg et elle n'en finissent pas de s'engueuler à mon sujet, je vois qu'il fait le maximum. Mais au bout d'un moment elle lui dit maintenant regardons un film ou rentre chez toi car je t'ai assez entendu.

Véra hocha la tête. En même temps, elle eut une pensée pour Greg. Elle se demanda où il était, ce qu'il faisait. Puis elle revint sur Lucie qui disait heureusement qu'il est là. Je dors chez lui quand j'ai besoin d'un peu de calme, je tiens grâce à lui, il ne me laisse pas tomber.

Véra disposa trois belles piles de livres de la jeune femme à portée de la main – les deux derniers cartons contenaient les précommandes. Elles n'avaient pas de temps à perdre si elles voulaient finir de tout ranger avant l'ouverture de la librairie.

Tu dois quand même rester prudente, fit Véra. N'oublie pas qui est ton beau-père. Je sais qu'il t'aime beaucoup mais je ne suis pas sûre qu'il apprécierait de te voir manifester sous ses fenêtres. Il est furieux contre nous. Depuis les tags, tu sais. Il en fait une affaire personnelle. Greg a raison, n'attire pas trop la lumière sur toi. J'ai interviewé Anton il y a quelques années et j'ai tout de suite senti, avant même qu'il ait ouvert la bouche, que cet homme pourrait m'écraser entre ses mains comme une simple noix si l'envie lui en prenait et sans qu'il se départe de son sourire, de son air de chic type. Écoute, ne m'en veux pas d'être aussi directe mais méfie-toi de lui, ne baisse jamais la garde, ne le sous-estime pas.

Elles plièrent les cartons pour gagner de la place avant l'arrivée de Christine qui prendrait les choses en main.

Je ne te dis pas de ne pas y participer, reprit Véra. Je t'y encourage, au contraire. Regarde-moi ce ciel morne, ce voile glaireux. Que faut-il de plus. Mais reste vigilante.

Lucie hocha la tête. C'était une journée particulièrement plombée. On avait l'impression que le plein été durait depuis six mois. Elles s'installèrent à une terrasse avec brumisateur et parasol – le soleil demeurait invisible mais sa lumière brûlante se répartissait alentour comme au travers d'un abat-jour en papier translucide et le parasol faisait illusion.

Si tu savais, il y a dix ans, comme ils se sont fichus d'elle, déclara Véra en prenant un air désabusé. Et tu vois ces gens, aujourd'hui. Ils sont toujours là. Ils sont partout. Tu ne peux pas relâcher ton attention une minute. Je me suis longtemps opposée à employer la manière forte, j'étais une fille bien élevée, obéissante, mais j'ai perdu mon temps, ça n'a servi à rien. C'est pire encore. Combien de défaites pour quelques victoires. Elle en parle avec franchise dans son livre et elle te l'a dit, le combat est inégal. Et puis c'est chacun pour soi, maintenant. On ne pouvait déjà pas faire grand-chose avec l'Europe, mais c'était mieux que rien.

Elle posa sa main sur celle de Lucie. C'est se battre qui est important, reprit-elle, l'issue du combat l'est beaucoup moins. Alors merci d'être là. Tu sais que j'ai trois fois ton âge. J'essaie de ne pas m'imaginer en branche morte. Enfin, tu me comprends, ou non, sans doute pas.

Lucie haussa les épaules en souriant. Il lui tardait d'attaquer sa crêpe avec de vraies myrtilles – que l'on ne trouvait plus guère sauf à y mettre le prix. Le plaisir qu'elle anticipait faisait plaisir à voir. Véra savait qu'elle ne devait pas trop s'attacher à elle. C'était difficile. Lorsqu'elle y pensait, elle réalisait qu'elle était seule depuis un bon moment. À présent qu'il n'était plus là, elle admettait que Ralph n'avait pas que des mauvais côtés, que vivre avec Ralph, plus précisément, n'était pas si terrible tout compte fait. S'il n'avait pas été si buté, si stupide, si méprisant pour le combat qu'elle menait, si nuisible même, elle aurait pu vivre encore avec lui.

Avec les autres, elle n'aurait pas tenu six mois. Mais elle ne savait pas si c'était elle qui vieillissait ou s'il s'agissait d'éclairs de lucidité retenant son pas au-dessus du gouffre – saine et sauve, sinon qu'elle roulait dans la poussière comme une femme sautant d'un train en marche. Elle déposa Lucie devant son lycée. Avant de repartir – elle était sur le point d'activer le retour à la maison –, elle remarqua un homme qui prenait Lucie en photo tandis qu'elle franchissait la grille du lycée. Il se tenait de l'autre côté de la rue et la mitraillait au milieu de ses camarades.

Véra prit l'homme en photo à son tour. Mais déjà il s'éloignait et disparaissait au carrefour. La police adorait constituer des fichiers, emmagasiner des renseignements, en collecter toujours davantage sur tout ce qui lui tombait sous la main. L'épisode n'avait rien d'exceptionnel. En tout cas, rien de très inquiétant. Et il était trop tard aujourd'hui pour y changer quelque chose, les jeux étaient faits, malheureusement. Tout n'avait fait qu'empirer.

Malgré tout, il fallait tenir. Ne rien céder. Le mouvement s'amplifiait. C'était à la fois glorieux et tragique. Elle se répétait ces quelques mots, parfois, quand elle en avait besoin. La venue de la jeune femme pour dédicacer son livre avait ravivé l'ardeur des troupes. Ceux qui la suivaient depuis le début, qui l'avaient connue dix ans plus tôt avec ses nattes, eux, n'avaient pas besoin d'être reboostés. Les nouveaux nous demandaient ce qu'on fichait, se souvenait Véra.

Perdue dans ses pensées, elle ne rouvrit les yeux qu'au moment où elle arriva devant chez elle. Dès qu'elle mit une jambe dehors, elle sentit la chaleur sur sa cuisse et grimaça. Elle renvoya son engin et monta directement à l'appartement, sans passer par la librairie.

Elle appela Ralph. Qui dormait. Qui lui demanda si elle avait vu l'heure. Elle se pencha en plissant des yeux car il lui semblait distinguer une forme allongée à côté de lui dans la pénombre.

C'est qui, l'interrogea-t-elle. Est-ce que je la connais.

Ne t'occupe pas de ça.

Je vois la lune à la fenêtre de la chambre. Il fait nuit, chez toi.

Oui, ce n'est pas la porte à côté. Comme tu le sais.

C'est bien que nous soyons restés amis, dit-elle. C'est réconfortant, pour moi. Je pensais à cette époque où nous vivions ensemble. Le temps passe vite.

Elle le regarda allumer une cigarette. À présent que l'on savait soigner le cancer, les gens s'étaient remis à fumer, jusque dans leur lit. L'image n'était pas très bonne, elle sautait ou se figeait une seconde avec un grésillement, mais c'était une bonne nouvelle néanmoins, annonciatrice d'orages. Rien de très agréable au demeurant, les tempêtes étaient sévères – de pire en pire, arguaient les climatologues –, mais n'importe quoi valait mieux que cette touffeur insupportable dont on ne voyait pas la fin. La terre était si dure que la pluie ruissellerait aussitôt sans jamais toucher la moindre racine. C'était comme ça, comme de jeter du pain sec à des édentés.

Je crois que je n'arrive plus à vivre seule, finit-elle par lâcher. J'ai bien envie de prendre un chat.

Ralph acquiesça aussitôt et se redressa sur le lit. Ah oui, ça, très bien, très bonne idée, assura-t-il. C'est une compagnie formidable. J'en ai un, justement. Je vais te l'envoyer. Tu l'auras demain. C'est quand même à cause de notre idiot de fils. Approche-toi, regarde mes yeux, j'éternue tout le temps. Il se pointe un matin avec un chat. Il est fou, ce gosse. Totalement hors de contrôle. Il faut qu'on en parle. Ne bouge pas.

Il tira sur le drap et s'en fit une sorte de paréo XL en se levant. La femme, ainsi exhibée en tenue d'Ève, souleva un instant son masque, enregistra la scène d'un œil torve, puis elle se tourna sur le dos et se rendormit. Elle était un peu grasse. Ralph sortit de la chambre. Elle ne manquait pas d'être attirante, néanmoins. Ce n'était pas un de ces sacs d'os qu'il semblait affectionner la plupart du temps. Et, apparemment, elle ne ronflait pas.

Ralph réintégra la chambre en tenant l'animal par la peau du cou.

Écoute, prends-le, fais un essai, dit-il, et si ça ne va pas, tu me le renvoies. Je ne comprends pas. Je fais une super allergie, cette fois.

C'était toujours ainsi. Avec plus ou moins d'intensité. Elle avait tout à coup besoin de le voir, de l'entendre. Elle ne savait pas pourquoi. Et plus ce besoin était fort, plus leur entretien était court. Ralph l'agaçait vite. Parfois, elle ne pensait même pas à prendre des nouvelles de Maxim, tant elle était pressée de se déconnecter.

Le chat est arrivé le lendemain, à l'aube, avec sa litière et ses croquettes. Bien qu'elle fût à peine éveillée en ouvrant la porte, Véra demeura hypnotisée par le soleil qui se levait à l'horizon. Cela ne dura que quelques minutes car il disparut vite derrière l'épaisse nuée à la frange couleur bronze qui ne s'était ni évaporée, ni fendue, ni déchirée depuis des mois.

Lorsqu'elle baissa les yeux, étourdie, elle découvrit une cage sur le seuil. Elle entendit miauler. Elle s'accroupit en poussant un léger soupir avant de se lancer dans les présentations.

Malheureusement, elle n'avait pas le temps de s'occuper de lui ce matin-là. Elle le posa sur un coussin dans la cuisine, à proximité de sa litière et de ses croquettes, mais l'heure tournait. Il était d'un beau gris, avec des pattes noires, il avait les yeux jaunes, presque dorés. Elle lui jeta un dernier regard avant de filer sous la douche.

Elle avait une journée chargée. L'heure de l'Effondrement promis et du Grand Remplacement annoncé n'était pas pour demain, mais bien des choses s'étaient détraquées depuis l'époque où la jeune femme portait encore des nattes. Pas simplement le climat. Les gens. L'humeur des gens avait changé, les gens étaient désabusés, frustrés. Certains partaient vivre au milieu du désert, d'autres abattaient leurs semblables. Elle abandonna une réunion pour se rafraîchir le visage. Elle n'en avait pas fini car il y avait ces deux jeunes militants qui passaient en jugement et l'avocat devait faire le point avec elle. Pendant qu'il relisait ses notes, elle repensa au chat qu'elle avait précipitamment abandonné sur un coussin, sans plus d'égards.

Elle envoya Christine acheter un ou deux jouets, de préférence avec des clochettes et des plumes, afin de ne pas rentrer les mains vides.

En se levant, l'avocat déclara qu'une rumeur courait sur les laboratoires SveOda. Il semble qu'ils soient visés par une enquête, déclara-t-il. Je n'ai pas les détails, mais je pense qu'ils ne doivent pas courir après une mauvaise publicité. C'est peut-être le moment de rediscuter avec eux.

Elle demeura pensive un court instant. Très bien, dit-elle. Tu dois savoir mieux que moi.

Le soir tombait lorsqu'elle regagna son appartement. Elle était morte. Le chat n'avait pas bougé de son coussin. Elle agita les clochettes et les plumes devant lui mais il resta sans réaction, ne lui accorda pas un seul regard.

Elle n'insista pas. Elle se servit un Black Russian pour apaiser les tensions de cette journée et vaqua dans l'appartement avec son verre à la main en écoutant en boucle *Glasgow Jubilee* de Bill Wells et Aidan Moffat dont l'accent écossais la ravissait – *we could all be dead tomorrow* – jusqu'au moment où le chat vint se frotter contre ses jambes.

Il n'était pas rancunier, visiblement, peut-être mélomane. Dès qu'elle le prit dans ses bras, il se mit à ronronner. Pourquoi les choses n'étaient-elles pas aussi simples, songea-t-elle. Elle le reposa. Il la suivit sur la terrasse et sauta aussitôt sur le rebord – qu'elle jugeait plutôt étroit – dont il entreprit de faire le tour. N'oublie pas que nous sommes au dernier étage, lui dit-elle. Tâchons de vivre un peu ensemble.

Elle le suivait encore des yeux lorsque Ralph lui lança un appel. Elle hésita un instant avant de le prendre, elle était fatiguée, n'avait pas très envie, mais elle accepta pour finir – *we could all be dead tomorrow*.

Qu'est-ce que tu fais en sous-vêtements, demanda-t-il.

Oh, eh bien il est tard, j'allais me coucher. Je suis avec le chat.

Moi je me lève, je sors de la douche. C'est à nous de crever, maintenant. Maxim est déjà parti. Ils ont juré qu'ils le flanqueraient à la porte s'il continuait à sécher des cours. Alors, dis-moi, comment le trouves-tu. Pas mal, non. Ses vaccins sont à jour. Il est stérilisé. Oui, je sais que ça ne te plaît pas mais on l'a eu comme ça, on n'y peut rien. Tu vois le genre de types qu'il fréquente. Le mec a joué son chat au poker. Encore ce serait sa sœur, je comprendrais.

Sur ce, il se frictionna la tête. Il était nu.

Ah oui, j'avais oublié, reprit-il. Il s'appelle Mong. Là non plus, ce n'est pas moi. Il répond quand on l'appelle par ce nom, c'est tout.

Non, écoute, ça me va très bien. Ça lui va bien.

Elle lui tourna le dos pour s'approcher de la rambarde et se pencha pour voir où Mong était passé. Enlève-la, fit Ralph qui se masturbait déjà.

Elle se retourna et lui adressa une main lasse.

Non, je suis fatiguée. Je n'ai pas du tout l'esprit à ça. Une autre fois, peut-être. Ça ne doit pas être une habitude, tu sais.

Tu as mieux à faire, peut-être. Tu allais te coucher.

Ralph, regarde un truc, prends un magazine, je ne sais pas, je n'ai pas envie, voilà tout. Tu pourrais respecter ça, je trouve. Je suis lasse, je n'ai rien mangé et je n'ai même pas faim.

Mais enfin merde, Véra, ça ne t'aurait quand même pas fatigué de baisser ta culotte une minute. Ce n'était pas te demander la lune. Ça ne t'impliquait pas beaucoup.

Il bandait encore, il n'avait pas l'air content.

Et cette femme. C'était qui, reprit Véra. Elle est où. Elle ne peut pas t'aider.

Elle prend des somnifères. Je ne veux pas la réveiller.

Tu m'amuses.

Mais qu'est-ce qu'on fait de mal. On est à des milliers de kilomètres. Je ne risquais pas de t'en mettre plein la figure. Qu'on soit divorcés n'empêche pas que tu m'excites toujours autant. Dis-moi qu'est-ce que j'y peux.

Ralph, s'il te plaît, n'en fais pas une montagne. Ne te mets pas en retard. Regarde, ça va déjà mieux.

J'aimerais pouvoir te toucher pour de bon. Regarder ne suffit pas. Bien que ta chatte soit une merveille, soyons clair. Je donnerais tout ce que je possède pour mettre mon nez dedans.

Elle sourit à cette manière de compliment, bâilla. Toutes ces conneries virtuelles, se dit-elle. Ça ne durait qu'un temps, franchement. Elle coupa la communication et se retrouva seule, au même instant, dans un silence sifflant. Mong, le chat, sauta de la rambarde et atterrit à ses pieds. Elle ne savait pas encore ce qu'elle devait penser. Malgré le soir qui tombait, on ruisselait presque de sueur. Elle songea à s'offrir un décor de rêve, au moins une petite heure, faire la planche sur une eau bleue, par exemple, tendre la main et y voir apparaître un verre de pamplemousse rose, comme par magie, mais elle avait des problèmes plus urgents à régler, elle devait s'occuper du rassemblement qui s'annonçait dans quelques jours et qui n'allait pas manquer d'être énorme, toucher de nombreux pays. Il arrive un moment où si l'on pense trop, on ne fait plus rien, avait-elle décidé en s'engageant aux côtés de la jeune femme. Leur cause était la bonne, quoi qu'il en soit. Inutile de revenir là-dessus, les images parlaient d'elles-mêmes depuis si longtemps, impossible de calmer la colère, d'empêcher une réaction physique, douloureuse, quand on voit ce qu'ils font, quand on voit ce que certains sont encore prêts à faire.

Mong était retourné sur son coussin et il la regardait et il se demandait qui était cette femme qui allait le pourvoir en croquettes, lui donner de l'eau, nettoyer sa litière. Il avait simplement l'intuition qu'il n'était pas si mal tombé, qu'il avait échappé à la noyade au fond d'un sac ou à l'abandon dans les bois. Quand elle le souleva du sol et le nicha entre ses deux seins pour lui raconter on ne savait quoi, il se déclara satisfait d'avoir affaire à une femelle.

Anton, de son côté, ne pensait pas la même chose. Il vivait avec une mère et ses deux filles et, tout costaud qu'il était, elles lui menaient la vie dure. Sans compter les soucis extérieurs avec le laboratoire, il fallait d'une part combattre la mauvaise image, et de l'autre batailler, payer toute une bande d'avocats pour se sortir de la gueule du loup.

Il tendit sa carte de crédit à la fille et se rhabilla. Il lui avait demandé de ne pas parler, de ne pas prononcer un seul mot, et elle avait hoché la tête avec une moue. Elle s'y était cependant tenue, n'avait pas croisé son regard une seule fois pour le même prix. Il n'aurait pu espérer mieux. Il pouvait même affirmer qu'elle n'avait pas ouvert la bouche, qu'elle avait gardé les lèvres pincées durant toute la séance. Une perle. Malgré une facture un brin salée. Tandis qu'elle se reculottait, il enregistra ses coordonnées.

Elle avait rechargé ses batteries, lui avait nettoyé l'esprit. Il se sentait prêt à rentrer chez lui pour retrouver la mère et ses deux filles. Surtout l'aînée. La plus explosive des trois. Elle semblait toujours tenir en main une grenade dégoupillée – image un peu idiote, sans doute, tellement usée –, en tout cas, il fallait toujours se méfier, Aude en voulait au monde entier, à présent. Elle ne cherchait pas à le cacher.

Elle leva à peine la tête quand il entra. J'ai l'impression qu'il va se mettre à pleuvoir, fit-il. Installée sur un canapé, Sylvia laissa retomber son magazine sur ses genoux.

Il avait le sentiment d'être abonné à cette situation, peu importaient le contenu, l'intérêt, le moment de la journée, le ton montait indifféremment, un regard, une intonation et c'était l'assurance que la suite allait dégénérer. Il avait parfois du mal à croire qu'il ait pu se fourrer dans un tel guêpier.

Il se servit un verre. Il sentait sur lui l'odeur de la fille tandis que les trois autres avaient les yeux plantés dans son dos, comme de petites aiguilles d'acupuncture. Il avait un problème avec chacune d'elles. Il versa une sérieuse dose de gin dans son tonic en serrant les dents. Il sentait qu'il pouvait encore tenir, mais pour combien de temps. Toutes les questions ne pourraient pas rester en suspens jusqu'à la saint-glinglin.

Il n'était pas retourné à la salle de gym depuis un moment, il préférait marcher, se perdre dans les rues avec une bonne casquette et une bouteille d'eau. S'asseoir sur un banc au bord du lac. Réfléchir devant une bière blanche, tout emperlée de buée. Bien qu'elle ne le touchât plus beaucoup, Sylvia avait remarqué qu'il avait grossi. Il avait bien pris deux ou trois kilos depuis que le vent avait tourné, c'était sans appel, l'alcool et le sucre ne pardonnaient pas – sans compter qu'ils n'atteignaient pas leur cible, la contrariété, l'amertume, les ruminations étaient toujours là, plus envahissantes que jamais peut-être.

Alors, comment ça s'est passé, lança Sylvia dans son dos.

Au milieu d'une gorgée, il faillit s'étrangler. Il se raidit une seconde avant de comprendre de quoi elle parlait.

Oh, finit-il par lui répondre, ça s'est plutôt bien passé, autant que je sache. Les avocats semblaient plutôt contents.

Oui, enfin tu n'en sais rien exactement.

Non, je paye des gens pour s'occuper de ça. Je ne vais pas prendre des cours de droit.

Aude passa derrière lui dans son fauteuil. Où as-tu vu qu'il allait pleuvoir, fit-elle. Qu'est-ce que tu racontes.

Regarde ta montre.

Je n'ai pas besoin de regarder ma montre pour savoir qu'il ne va pas pleuvoir. Je le sais.

Il se tourna vers Lucie pour échapper à ces accès d'humeur qu'Aude lui réservait certaines fois. Dieu sait s'il prenait des précautions avec elle et s'il veillait à ne pas se laisser entraîner au-delà de quelques escarmouches.

Toi, tu dirais quoi, fit-il en s'adressant à la cadette. Tu ne sens rien venir.

Lucie était assise au milieu du tapis, devant la baie ouverte. La nuit tombait, il faisait lourd, oh pour ça il ne faisait pas froid, mais elle se demandait depuis combien de temps elle n'avait pas vu le soleil, un rayon danser dans le salon, une lumière directe traversant le ciel bleu.

Il s'était planté devant Lucie tandis qu'elle examinait la question.

Respire un peu d'air et dis-moi ce que tu sens, déclara-t-il. Concentre-toi. Ferme les yeux. Je l'ai senti tout de suite en arrivant, j'ai même tendu la main avant de descendre.

Tu veux parier avec moi, lui lança Aude en pivotant sur son fauteuil. Il ne va pas tomber une seule goutte dans les jours qui viennent. Tu paries.

Je ne vais pas parier de l'argent avec toi. C'est celui que je te donne. La partie manque déjà de piment, pour moi, avant même de commencer.

Tu paries, oui ou non. Pas une goutte avant trois jours. Rien avant samedi soir, minuit. Lucie nous servira de juge. Très bien. On est d'accord.

En tout cas, je ne sens rien du tout, annonça Lucie.

Bien sûr, opina Aude. Ça ne me surprend pas. J'ai cru que c'était une blague de sa part. On est tellement habitué à entendre n'importe quoi, faut-il vraiment qu'il en rajoute.

Il connaissait la suite. Il passa la soirée à boire quelques verres, se resservant à chacune des charges qu'Aude dirigeait contre lui, quand ce n'était pas Sylvia qui prenait la défense de sa fille pendant que Lucie regardait ailleurs en attendant son tour.

Le plus étonnant était qu'elles n'avaient pas peur de lui. Lorsqu'il tapait du poing sur la table, elles le regardaient comme s'il était le dernier des demeurés. Son mètre quatre-vingt-dix et ses cent kilos, ça ne les inquiétait pas et ça le bluffait.

Elles constituaient un étrange attelage. Marc-André, le père des deux filles et ex-mari de Sylvia, avait filé comme un voleur, disparaissant du jour au lendemain sans la moindre explication. Anton parvenait à le comprendre quelquefois. Il valait mieux avoir les nerfs solides dans un tel contexte – ce qui ne l'empêchait pas de reconnaître que chacune des trois aurait pu dire la même chose.

Une dizaine d'années plus tôt, il se trouvait dans les parages lorsque le fameux Marc-André s'était envolé en abandonnant femme et enfants sans un sou, une maison hypothéquée sur les bras. Dans leur immense majorité, d'une manière ou d'une autre, les hommes sont des lâches. Voilà bien une chose que leur avait inculquée son brillant prédécesseur, démonstration à la clé. Or, certaines pentes se révélaient difficiles à remonter. Trop profondément enracinées, trop diffuses. Il avait fallu du temps à Anton, flanqué d'un tel handicap, pour apprivoiser ces trois femmes et gagner un peu de leur estime. Mais jamais rien, semblait-il, jamais rien n'était durablement acquis, ici-bas.

Puis arriva le moment où il chut lamentablement dans le premier fauteuil à sa portée. Il n'entendait pas très bien ce qu'elles disaient et il n'avait plus très envie de les entendre. Il avait avalé la moitié d'une bouteille de gin comme d'autres auraient avalé de l'aspirine pour mettre un terme aux pénibles prises de tête qui ne manquaient pas d'advenir. On aurait dit qu'elles se chamaillaient, d'ailleurs, lorsqu'il ouvrit les yeux, mais à présent il avait cessé de s'en mêler, ça ne le touchait plus, il secouait la tête mais ça ne signifiait rien, il était suffisamment ivre. Il s'en foutait.

Sylvia lui avait dit qu'il ferait mieux d'aller se coucher, d'une voix encore vibrante, avant de monter elle-même dans sa chambre. Il croisa les jambes. Il repensa à cette fille qui était restée muette durant toute la séance. Le bien qu'elle lui avait fait.

Et ce con de Greg dont il n'était plus sûr du tout. Il s'en était fallu d'un cheveu qu'il ne leur mette la main dessus lors de cette foutue soirée maudite. Mais n'était-ce pas un mal pour un bien. Sans doute. Cet instant où l'on retire sa tête du billot avant que la hache tombe. Où la folie qui nous a pris explose comme une bulle de savon. Il en frissonnait encore. N'osant pas imaginer le chaos qui s'en serait suivi si Greg avait été plus rapide, s'il n'avait pas eu la bonne idée d'appeler Aude en beuglant son nom aux quatre coins du bois. Il eut un ricanement ambivalent. S'il en avait eu la force ou le courage, il se serait levé pour s'en servir un autre. Ces fauteuils, que Sylvia avait elle-même choisis, étaient si profonds qu'ils se transformaient aussitôt en pièges, mais elle n'en avait pas tenu compte lorsqu'il lui en avait fait la remarque. Sylvia lui aurait arraché les yeux, il en était sûr, puis tout serait parti à vau-l'eau vers le drame et l'obscurité. Ils l'avaient échappé belle. Et rien n'avait été consommé, tout juste s'étaient-ils embrassés contre un arbre, rien de méchant, rien même d'inoubliable avant qu'ils ne déguerpissent en entendant Greg qui s'époumonait à l'orée du bois. Aude avait payé le prix fort pour les deux, il le savait bien. Au fond, il lui était reconnaissant de cette agressivité qu'elle lui avait manifestée dès qu'ils s'étaient revus après l'accident. C'était beaucoup plus simple ainsi à défaut d'être agréable. Il leva vaguement les yeux sur elle qui paraissait soudée à son fauteuil, les mains serrées aux accoudoirs, au bord de la piscine. Greg l'avait prévenu qu'elle se préparait à larguer les amarres et Anton ne savait pas si c'était ce qu'il craignait ou ce qu'il appelait de ses vœux. Il se creusait encore la tête, parfois, il cherchait un moyen d'alléger son fardeau, mais il n'avait rien trouvé pour le moment, elle refusait tout.

Il s'extirpa de son siège en grimaçant et fit quelques pas vers Lucie qui jouait des pouces sur le clavier de son portable, assise en tailleur sur un canapé.

Qu'est-ce que tu fais, finit-il par lui demander.

Elle haussa les épaules en prenant un air évasif. Il leva les yeux au ciel en faisant oh là là.

C'est jamais inutile de s'informer, répondit-elle.

Oui, mais c'est tout le temps. C'est tout le temps, avec toi.

Je vais arrêter les lettres, je vais m'inscrire en sciences. Enfin, ça sera toujours ça. Je vais prendre une carte à la bibliothèque. Je vais me plonger là-dedans.

Il resta un instant silencieux, dodelinant.

Ne me dis pas qu'on ne fait rien, reprit-il. Nous avons un tas de cerveaux qui travaillent dessus, nous ne sommes pas là pour nous laisser crever. J'ai écouté cette fille, l'autre jour. J'ai acheté son bouquin. Je comprends qu'elle soit déçue. Tu connais quelqu'un qui n'aimerait pas retrouver du ciel bleu, de l'herbe verte. On essaie de réparer tout ça. On cherche des solutions. Ne crois pas que ce monde ne soit fait que d'imbéciles. Ces gens-là ont aussi des enfants et des petits-enfants. Ils n'ont pas envie de creuser leur tombe.

Oui, j'entends souvent ça. Personnellement, je crois que c'est mort, on ne pourra plus redresser la barque. Mais que ce soit le plus tard possible, c'est tout ce que je souhaite. Qu'on mette déjà un frein à tout ce qu'on est en train de perdre. Que le profit ne passe pas avant tout.

Attends, je vois, mais je t'arrête tout de suite. Que ce soit clair une fois pour toutes. Il ne ressort d'aucune étude sérieuse, tu m'entends, d'aucune, que le Montrazol soit dangereux pour la santé. On attend les preuves du contraire, on les attend toujours. Il n'y en a pas. Qu'il reste en circulation est tout à fait normal. Ne nous colle pas un faux procès, merci. Le risque zéro n'existe pas. La dose journalière admissible, oui. Et on est largement en dessous. Ne va pas nous chercher des poux dans la tête, n'écoute pas tout ce qu'on te dit.

Ne mords pas la main qui te nourrit, c'est ça le message, déclara Aude dans son dos. Il se retourna. Il n'aimait pas la savoir dans son dos – et c'était souvent de là qu'elle surgissait, sans prévenir, on ne l'entendait pas arriver avec ses pneus à l'huile d'orange, un vrai tour de magie.

Je crois que ta sœur avait très bien compris, soupira-t-il. Je ne l'aurais pas dit aussi brutalement que toi, mais c'est le fond de ma pensée. Je ne vois pas où est le mal.

Anton, tu tiens à peine debout, répliqua-t-elle. Ne t'inquiète pas de ce qui est bien ou mal, il est temps d'aller te coucher, tu sais.

Je vais faire quelques longueurs, annonça-t-il sans les regarder tandis qu'elles le suivaient des yeux.

Ce qui rendait Aude encore plus malade, c'était qu'il soit là. À tout bout de champ. Il ne se passait pas une journée sans qu'elle le voie, sans qu'elle le croise, sans qu'elle perçoive sa présence d'une manière ou d'une autre, et même lorsqu'il n'était pas là elle sentait qu'il n'était pas très loin. Or, elle n'éprouvait plus aucune attirance pour lui, plus du tout. Elle avait sans doute été frappée de folie pour lui trouver quelque chose – ou été sérieusement inhibée par ce foutu sentiment d'absolu, par le pouvoir qu'elle se découvrait, qui la fascinait. Mais quoi qu'il en soit, perdre ses deux jambes pour une histoire un peu tordue avec son beau-père, le jeu n'en valait pas trop la chandelle, ricanait-elle en silence. Elle y pensait chaque fois qu'elle posait un regard sur lui et les larmes lui montaient aux yeux tellement ça la désespérait.

Elle se revoyait en train de cavaler dans l'obscurité, hors d'haleine, giflée par les branches basses, afin d'échapper à Greg. Quand le sol s'était soudain dérobé sous ses pieds et l'avait précipitée au fond d'une crevasse taillée dans la pierre.

Elle lui était reconnaissante, néanmoins, de n'avoir pas tenté de reprendre leur histoire, de n'avoir pas eu un seul geste équivoque envers elle depuis qu'elle était rentrée de l'hôpital. C'était un soulagement. Il devait penser qu'elle avait attrapé la peste. Il ne s'approchait pas à moins d'un mètre, ne cherchait aucune complicité.

Parfois, la peur se voyait encore sur son visage. Il savait qu'elle pouvait tout balancer et qu'alors Sylvia viendrait lui crever les yeux, etc. Il tâchait donc de ne pas trop bousculer Aude. Il ne devait prendre aucun risque. Elle en était consciente. Si elle n'avait plus de jambes, elle avait des yeux et un cerveau qui fonctionnait. Elle avait fourré une nouvelle carte dans sa manche, une carte maîtresse au regard des multiples infidélités auxquelles il se livrait dans le dos de Sylvia et qui n'étaient plus que de sympathiques pétards, à côté, du bas de gamme.

Il avait compris que le boulet était passé près, mais aussi qu'il pouvait revenir et tout fracasser sur son passage. Il avait reçu le message cinq sur cinq, sans qu'il fût besoin de lui fournir d'explication, ce qui n'était pas négligeable. Il avait compris. Il avait mesuré l'étroitesse du chemin que le sort lui réservait, sondé les abîmes de part et d'autre. Il ne tarderait pas à venir lui manger dans la main, parti comme c'était. Encore fallait-il qu'elle en ait envie. Elle se masturba puis sortit du lit en empoignant la barre de transfert, mais elle avait les mains moites et se flanqua par terre, s'étala de tout son long.

Cela ne se produisait pas souvent, mais chaque fois une surprise l'attendait car son détecteur de chute avertissait les trois autres et le premier qui arrivait pour la tirer de ce mauvais pas pouvait s'accrocher une médaille. Rampant sur le sol après avoir effectué un pénible retournement sur le ventre, elle tendait l'oreille, fixait la porte. Qui allait apparaître, cette fois. Qui courait le plus vite. Qui allait tout lâcher dans la seconde pour lui venir en aide. Rares étaient les plaisirs dans une vie de handicapé, mais il en existait certains, totalement inaccessibles au commun.

Ce fut Anton. C'était la première fois qu'il menait la course en tête et le voyant s'encadrer sur le seuil elle passa de la sidération à la crispation, sentit que ses bras se couvraient de chair de poule malgré la chaleur.

Aude, ça va, demanda-t-il en s'avançant dans la chambre.

Non, pas du tout, ses pensées s'emmêlaient, l'air lui manquait, elle ne pouvait plus parler, il allait se pencher sur elle et il allait la toucher, la prendre dans ses bras, la serrer contre lui et elle n'était pas préparée à ce contact – le dernier remontait au soir du drame, lorsqu'il avait glissé une main sous sa jupe.

Il plaça un bras derrière ses cuisses, l'autre sous son dos et il la souleva du sol, se redressant en un clin d'œil, sans le moindre effort, comme s'il avait ramassé une plume enveloppée dans du plastique à bulles.

Une fois encore, elle apprécia qu'il ne profite pas de la situation d'une manière ou d'une autre.

Car enfin elle était nue, moite, pleine d'odeurs, à sa merci, mais ça n'empêcha pas Anton de la déposer dans son fauteuil sans perdre une seconde.

Merci. Pardon pour le dérangement, lui dit-elle. Le jour est levé, on dirait.

Il s'écarta d'un bon pas, les mains enfoncées dans les poches, le regard tourné vers la fenêtre.

Oui ta mère et ta sœur sont allées faire des courses. Avant que le temps ne se gâte, j'imagine.

Elle ne put s'empêcher de sourire. Il faisait de l'humour. Il y avait longtemps qu'il n'en faisait plus devant elle. Surprise, elle fit demi-tour sur son fauteuil et se dirigea vers la salle de bains en lui adressant un doigt d'honneur tiède.

Rendez-vous samedi soir, dit-elle.

Lucie avait quatre ans lorsque la première Marche des jeunes pour le climat s'était déroulée dans le pays. Lors de l'interview que la jeune femme lui avait accordée pour la sortie de son livre, Lucie avait noté quelques chiffres effroyables et le moins que l'on puisse dire était que les choses n'avaient pas pris la bonne direction, tant s'en fallait. Le Vieux Monde était toujours là et le Nouveau tardait à apparaître.

Greg ne disait rien. Il écoutait Lucie en hochant la tête, de moins en moins à l'aise pour avoir maquillé certains rapports avec la complicité d'Anton – lequel n'oubliait jamais de mettre en avant les polémiques, les incertitudes sur la nocivité d'une maudite molécule de synthèse pour apaiser sa conscience. Il ramenait toutes les conversations sur l'histoire du glyphosate et des cinquante années durant lesquelles on n'avait rien pu prouver. C'était devenu une rengaine. Un parfait exemple. Ça échauffait les oreilles de Greg.

Ça le rendait d'humeur maussade. Il se demandait s'il n'allait pas bientôt pleuvoir. Il n'avançait pas avec Véra, il ne savait pas si ça venait d'elle ou de lui ou des deux, mais leur histoire était au point mort. Ils semblaient trop occupés chacun de leur côté. Et puis elle avait un chat, à présent.

Aussi la compagnie de Lucie lui convenait-elle parfaitement. Celle des autres lui faisait plutôt l'effet inverse pour l'instant. Tandis qu'il était chaque fois content de la voir. Pour commencer elle lui souriait. Il était même heureux de lui laisser la chambre quand elle restait et qu'il sortait pieds nus de bon matin dans la rue pour acheter des croissants tout justes sortis du four. Elle se transformait à vue d'œil en ce moment. Ses gestes étaient plus souples, elle avait un rire clair. Le soir, elle travaillait sur la terrasse pendant qu'il buvait une bière. Elle lui dressait la liste des multiples défis qu'il fallait relever, de ceux pour lesquels il était trop tard – on aurait dit qu'elle évoquait une bouée fuyant de tous côtés, criblée de plomb. Il était stupéfait par la soif de connaissance de cette gamine, par la somme d'informations qu'elle emmagasinait sur le sujet, par les heures et les heures passées à la bibliothèque derrière un écran jusqu'au moment où il fallait la virer.

Quand il était avec elle il regrettait d'avoir perdu son fils. Et sa femme, naturellement, qu'il avait perdue aussi, naturellement – il n'avait pas su trouver d'arrangement avec elle, ils avaient tout essayé, tout rejoué, après quoi ils avaient baissé les bras tous les deux et s'étaient engagés vers le désastre final qui n'avait pas manqué. Ils n'avaient pas eu de chance de se rencontrer, Denise et lui. Ils en avaient eu très tôt l'intuition et la suite l'avait confirmé. Des couples d'amis se séparaient, s'ignoraient, se détruisaient autour d'eux à tour de bras et tous n'en faisaient pas une maladie. Tous les types ne sautaient pas dans leur voiture pour se lancer à la poursuite de leur femme.

Bref, il se disait qu'il aurait aimé connaître ça, discuter avec le fils que Nicky serait devenu aujourd'hui, qu'il prenne la place de Lucie pour un moment, qu'il dise ce qu'il pensait de tout ça, ou rien, un haussement d'épaules aurait suffi.

Elle le tira de ses divagations en déclarant qu'elle avait vu les protections dressées devant la façade du laboratoire.

C'est d'un sinistre, soupira-t-elle.

Oui, en tout cas, ne va pas hurler sous ses fenêtres. Les images, ils n'attendent que ça. La fille du directeur levant le poing contre son père. Ils vont adorer ça.

Attends, je ne suis pas sa fille.

Ils s'en soucieront bien, n'aie crainte. Ça s'étalera partout avant que t'aies eu le temps de grimacer.

Des engins volèrent au ras du lac somnolent qui se fendit de quelques rides, dans une semi-obscurité. La police avait reçu du nouveau matériel, apparemment, les gars filaient comme des flèches, on entendait juste un léger sifflement sur leur passage.

Ce n'était pas la police qui l'inquiétait le plus. Les machines faisaient ce qu'on leur disait de faire et la plupart des flics rechignaient à aller au contact. Étudiant, Greg s'était pris quelques coups de matraque sur la gueule, mais à présent ils semblaient n'être là qu'en observateurs – puis s'occupaient de rétablir la circulation pendant qu'on ramassait les blessés. Ce n'était pas nouveau, c'était systématique. Ceux qui étaient contre étaient moins nombreux, mais plus disciplinés, mieux entraînés et les choses se terminaient en bataille rangée au milieu des bris de verre. Il n'y avait plus aucune surprise, ça ne variait jamais.

Je ne pourrai pas t'accompagner, dit-il en agitant son éventail. Je vais rester au labo. Si jamais on a besoin de moi. Et vis-à-vis d'Anton.

Je n'ai pas besoin que tu m'accompagnes, de toute façon, fit-elle sur un ton neutre.

Oui, je sais, mais tu connais ta mère. Qu'il t'arrive quelque chose et cette fois elle me saute à la gorge. Enfin, je ne comptais pas non plus rester dans tes jambes. Mais ça va être chaud, forcément. Alors ne reviens même pas avec un œil au beurre noir, elle serait capable de t'enfermer dans ta chambre, t'enchaîner à ton lit et de ne plus jamais m'adresser la parole. Alors sois prudente, c'est tout ce que j'ai à te dire, sois-le pour nous deux.

Il aimait bien cette espèce de sourire prudent qu'elle avait, qui hésitait entre la fillette et la femme, sourire dont elle jouissait effrontément, naturellement.

Je ne plaisante pas, reprit-il. Écoute, c'est toi qui as raison. Je le sais. Mais je te connais et je te dis n'en fais pas trop, ne va pas te jeter au milieu de la mêlée.

Véra lui avait promis de garder un œil sur elle, ce qui avait fini par le décider à rester avec Anton, au moins par amitié, par esprit de famille – d'autant qu'il avait la mine un peu sombre, quoi qu'il en dise, depuis que le labo était sous le coup d'une enquête et que parallèlement s'annonçait ce bordel pour le climat. Aucun labo n'allait en sortir grandi, d'après Anton, et SveOda encore moins qu'un autre car celui-ci avait le malheur de se trouver sur le parcours des protestataires.

Tu crois qu'il va pleuvoir demain, demanda Lucie.

Il fit la moue en examinant le décor alentour, le lac plombé, les bois décharnés, le ciel que filtrait une mousseline de soie couleur soupe aux flocons d'avoine. Peu probable, mais pas impossible, répondit-il.

Vingt-quatre heures plus tard, Aude ne nourrissait aucune inquiétude quant à la météo. Il n'y avait aucune raison qu'il pleuve dans l'heure qui viendrait. L'air était toujours aussi chaud, avec un léger goût métallique, le capteur de vent demeurait immobile, aucune hirondelle ne volait bas et aucun chat ne s'était passé la patte derrière l'oreille depuis des mois.

Elle ne pouvait s'empêcher de surveiller Anton du coin de l'œil et s'agaçait de le trouver si détendu, si confiant, si étranger à ce pari qu'il allait perdre à 00.00 pile alors que Lucie vérifiait l'heure de plus en plus fréquemment.

Lorsqu'elle croisa enfin le regard d'Anton, celui-ci ébaucha un léger sourire durant un instant puis reprit sa discussion avec Sylvia qui se plaignait des difficultés à se procurer de nouvelles lentilles de vue. Alors excuse-moi si je te vois très mal, disait-elle.

Aude se tourna vers le bar et se servit un verre de vin blanc. Ça risquait de ne pas être aussi drôle qu'elle l'avait cru. Son impatience retombait sans raison. Elle n'était pas vraiment sûre de vouloir lui faire du mal. Encore moins d'en tirer un profit quelconque.

À moins dix, elle reposa son verre et s'approcha d'Anton pour lui souffler quelques mots à l'oreille.

Reconnais que tu as perdu, dit-elle, ça me suffira, et on n'en parle plus.

Il leva les yeux et observa le ciel. On ne peut pas savoir, soupira-t-il.

Au même instant, elle reçut une goutte sur la joue – et faillit faire un arrêt cardiaque.

Celle-là, on ne la compte pas, déclara-t-il. Ce n'est pas de la pluie. Il reste trente secondes. Tu vas certainement gagner.

Subjuguée, effrayée, elle le dévisageait en oubliant de respirer bien qu'elle fût bouche bée. Un éclair illumina la couche nébuleuse. Greg et Sylvia se figèrent, un verre à la main, tournés vers le ciel. Lucie se tordait littéralement sur place, comme prise d'une sérieuse envie, mais elle ne quittait pas sa montre des yeux. Le tonnerre gronda et envoya ses premières gouttes.

Sylvia poussa une exclamation de jouissance. Greg écarta les bras et grogna, criblé de petites balles translucides, quelques mots inaudibles. Lucie regarda son chrono.

En moins d'une minute on se serait crus sous une cascade mais personne ne songeait à s'abriter. La piscine fumait, se hérissait. Les verres débordaient de pluie. Tout le monde ruisselait, piétinait de joie, éclatait de rire, s'ébrouait. C'était un tel soulagement. Toute cette eau qui dégringolait. L'euphorie, néanmoins, ne résista pas aux pluies du lendemain qui tombèrent à seaux sans discontinuer. Il ne s'agissait pas à proprement parler d'orage, il n'y avait ni éclair ni tonnerre ni bourrasques, mais d'écoulement inépuisable, indolent, qui ne valait guère mieux. Il faisait même un peu plus sombre que d'habitude.

Lucie retrouva Véra au pied du pont qui reliait la rive opposée – que l'on voyait à peine à travers les gouttes.

C'est fichu pour les images, lui expliqua Véra, on a décidé de ne pas filmer, ça ne donnera rien. Dommage. C'est déjà noir de monde. Et c'est ça, la bonne nouvelle, la seule chose à retenir.

Elles s'essuyaient le visage avec leurs mains. Elles pataugeaient, dégoulinaient, avançaient comme des limaces. On s'était longuement moqué des prévisions totalement foireuses des services météo depuis quelques années mais chacun savait aujourd'hui que l'on ne pouvait pratiquement plus rien prévoir du tout, eu égard à l'emballement de la dégringolade climatique – et dire qu'on leur promettait le goudron et les plumes, les pauvres, dire qu'on les trouvait trop nuls, et maintenant plus personne ne voulait le job.

L'esplanade, devant les grilles du Parlement, était comble, et beaucoup restaient bloqués dans les rues adjacentes sans pouvoir avancer. Les pancartes en carton, les effigies en papier mâché, tout fichait le camp, tout finissait en charpie. Plus personne n'avait un poil de sec, plus personne ne savait où donner de la tête devant l'ampleur des dégâts qu'une fille énumérait sur une estrade, continent par continent, et la colère des gens demeurait palpable, la tristesse, la frustration aussi, mais il allait de soi que cette sacrée pluie n'était pas rien. Elle rassurait. Elle mettait fin, provisoirement, à une angoisse diffuse. Elle leur disait qu'ils s'en tiraient une nouvelle fois, que le glas n'avait pas encore sonné. Ils avaient l'impression de sortir d'un coma. Ce n'était pas rien.

Lucie retrouva sa bande de lycéens pendant qu'un type en K-way avait rejoint la fille et rappelait pourquoi ils étaient tous là, si nombreux, décidés à se battre, pour quelles valeurs, pour quel avenir. Sur le côté, la fille hochait la tête et le type, qui n'avait pas plus de vingt ans, la considérait d'un air ravi. De temps en temps, les gens se mettaient à crier, on ne savait pas pourquoi. D'autres accrochaient une banderole aux grilles en prenant soin de ne pas bousculer les trois auxiliaires de police placés devant l'entrée – personne n'avait envie de se prendre un coup de Taser manié par un bras articulé. Beaucoup avaient renoncé à rabattre leur capuche et restaient plantés tête nue sous l'interminable averse. On reconnaissait les décroissants et les anticapitalistes à leurs cheveux grisonnants. Véra s'excusa et s'éloigna du petit groupe qui s'était formé auprès d'elle pour prendre un appel de Greg. Ils ne s'étaient pas vus depuis plusieurs jours et elle se rendit compte qu'il lui avait manqué.

Lucie est avec toi, demanda-t-il.

Oui, tu veux lui parler.

Non, écoute, je viens juste d'en voir passer. Oui, là, sous nos fenêtres. Les fouteurs de merde. Ne traînez pas, ne restez pas là. Attrape Lucie par un bras. Je te l'ai confiée.

Très bien, Greg. Calme-toi. En tout cas, moi je ne vois rien.

N'attends pas de les voir. Tu as une gamine avec toi. On était d'accord, alors faites demi-tour en vitesse. Elle est sous ma responsabilité, je te rappelle. C'est à moi de décider.

Elle raccrocha la première. Il jura entre ses dents et rejoignit Anton qui se tenait devant la baie de son bureau, bras croisés.

Elle m'a raccroché au nez, fit Greg en suivant des yeux à son tour les retardataires qui remontaient l'avenue et courbaient l'échine, trois étages plus bas, sur le pavé luisant. Quelques-uns levaient le poing en passant, quelques doigts se dressaient mais la pluie leur brouillait la vue, ils ne prenaient plus le temps de s'arrêter.

Mais tu fais quoi au juste avec cette femme, soupira Anton en continuant d'observer ce qui se tramait dehors.

Je ne sais pas, je ne me pose pas la question. Je ne fais plus de plans, c'est fini.

Anton se tourna vers lui et hocha pensivement la tête tandis que Greg appelait l'ascenseur et enfilait son imper.

Véra rempochait son téléphone quand s'amorça la première bousculade qui lui fit lâcher l'appareil et presque tomber à la renverse. Les nouveaux venus avaient déclenché une véritable échauffourée en débarquant au milieu du rassemblement pour taper dans le tas. On entendait déjà les cris, les chocs, les détonations quand elle récupéra son bien et, se redressant, chercha Lucie du regard et ne la trouva pas.

La pagaille s'intensifia lorsque les gens commencèrent à courir dans tous les sens. Elle s'était démis une épaule quelques années plus tôt, dans des circonstances similaires – beaucoup auraient piétiné père et mère ce jour-là, les affrontements étaient violents et la débandade généralisée.

Elle grimpa sur un banc pour tâcher de repérer Lucie au milieu de la cohue. Le mouvement ne faisait pas l'unanimité, il n'y avait rien de nouveau. Les heurts étaient fréquents. Les coups pleuvaient dans toutes les villes du monde. On ne pouvait pas y échapper. Elle se mordilla les lèvres en inspectant la foule erratique tandis qu'une vraie bataille rangée se poursuivait au pied de l'estrade. L'endroit précis où il ne fallait pas se trouver à ce moment-là.

Ils étaient nombreux et ne faisaient pas semblant. Aller chercher Lucie au milieu de la mêlée ne l'enchantait pas excessivement mais Véra se fraya un chemin jusqu'à elle en jouant des coudes.

À première vue, elle était entière. Échevelée, trempée, rouge de colère, elle se démenait comme une diablesse contre un type qu'ils avaient réussi à flanquer par terre, elle et deux ados de son groupe. Le type était costaud et ça ne se passait pas à l'amiable.

Véra attrapa Lucie par le bras et la tira en arrière. Pour commencer, elle ressentit une vive douleur à la cuisse. Elle tituba, faillit lâcher Lucie. Puis elle traversa un trou noir.

Elle retrouva ses esprits quelques secondes plus tard, alors que Greg l'entraînait à l'écart. Elle ne chercha pas à comprendre, il la portait presque. Elle se cramponnait à son cou, il la tenait serrée contre sa hanche, elle n'était pas sûre de pouvoir marcher sans son aide. Lucie lui jetait des regards soucieux, lui prenait la main, personne ne disait rien.

Ils s'arrêtèrent dans une rue adjacente et Véra s'aperçut alors qu'elle saignait de la tête – à la suite du regard pétrifié que lui réservait Lucie depuis une minute. Elle comprit, en se tournant vers la vitrine d'un marchand de chaussures qui n'avait pas encore eu le temps de changer d'étalage, qui s'était laissé surprendre par cette pluie soudaine et proposait des nu-pieds, des sandales ouvertes, des Birkenstocks, des espadrilles de couturiers, elle comprit ce qui pétrifiait Lucie quand elle découvrit le sang, son visage barbouillé.

Le crâne ça saigne beaucoup, la rassura Greg qui venait de commander une ambulance des airs. Elle sera là dans une minute, promit-il en examinant la blessure de Véra.

Désolé d'être arrivé trop tard, continua-t-il. J'ai à peine eu le temps de te rattraper au vol.

Ça va, dit-elle en levant les yeux vers l'ambulance qui se posait. Heureusement que tu es venu. Tu le sais bien.

Greg lança le nom de l'hôpital le plus proche et se pencha sur le tableau de bord pour actionner la sirène et les gyrophares. Ils trouvèrent à bord une trousse de secours et des serviettes jetables, ainsi qu'un minibar. La cuisse de Véra saignait un peu aussi, son pantalon était déchiré. Greg pensait qu'on l'avait visée avec un lance-pierre.

Tu vas avoir un sacré bleu, dit-il tandis qu'ils passaient au-dessus de l'esplanade où traînaient encore quelques groupes clairsemés.

Lucie baissa la tête après avoir constaté que leur banderole avait été arrachée de la grille pour finir, et qu'elle baignait dans les flaques sombres comme une peau d'anguille abandonnée.

Je peux avoir un Coca, demanda-t-elle. Greg fouilla ses poches pour trouver de la monnaie.

Donne-moi mon sac, fit Véra voyant qu'il en manquait.

L'hôpital était dans la pénombre. D'ordinaire, lorsqu'il se produisait une coupure de courant, les groupes électrogènes de secours se mettaient automatiquement en marche. Cette fois, les groupes eux-mêmes semblaient avoir flanché – le personnel des urgences vaquait au ralenti, muni de lampes frontales, ce qui occasionnait un étrange et confus ballet de lucioles traînant des pieds.

Il laissa Véra aux mains d'une infirmière de service qui portait des baskets fluorescentes et des ongles fantaisie, et il se dirigea vers la salle d'attente dont l'entrée était flanquée de fausses plantes en pot.

Je vois bien que tu n'es pas content, déclara Lucie qui venait de s'asseoir près de lui après avoir observé une minute de silence.

Il se pencha en avant, cala ses bras sur ses genoux, secoua la tête.

Elle attendait.

Tu attends quoi, demanda-t-il. Que je te dise quoi. Regarde ta sœur, ça ne te suffit pas. Tu crois que ces types rigolent. Tu crois qu'ils vont vous laisser tout foutre en l'air sans broncher.

Non, c'est nous qui n'allons pas les laisser tout foutre en l'air sans broncher.

Il siffla entre ses dents. Au moins, tu as le sens de la repartie. C'est bien. Dommage que tu n'aies pas plus de plomb dans la tête.

On ne tend plus l'autre joue, c'est fini.

Il se leva. Il bouillait intérieurement. Le problème avec Lucie, c'est qu'il tombait chaque fois d'accord avec elle, mais le lui dire c'était la mettre en danger, pensait-il, et c'était aussi une partie de lui-même qui partait en lambeaux, comme les cheveux avec l'âge, une petite dizaine chaque matin, ce qui semblait peu mais vous abandonnait meurtri, au bout du compte, avec la boule à zéro. Il sortit de la salle et se planta derrière la baie du couloir. Elle donnait sur un petit jardin qui avait rendu l'âme à la sortie de l'hiver, jonché de squelettes froissés, un Pompéi végétal, et Greg méditait sur le tableau, les mains croisées derrière le dos, cependant que la pluie coulait par nappes derrière la vitre et inondait ce malheureux jardin, le transformait en vieille soupe couleur mélasse – mourir de soif puis crever dans la boue, parfois l'ironie du sort était quand même lourde.

Ça veut dire quoi on ne tend plus l'autre joue, fit-il en lui glissant un coup d'œil soupçonneux. Dans quoi vas-tu encore te fourrer.

C'est bien d'avoir des convictions dans la vie. Je ne sais plus qui m'a dit ça.

Ça ne voulait sûrement pas dire se lancer dans une baston en règle quand on pèse quarante kilos tout habillée. Réfléchis un peu.

Elle haussa les épaules. Elle avait encore les joues rouges et luisantes, vestiges de son empoignade avec les climatosceptiques du coin.

Quoi qu'il en soit, reprit-il après avoir plongé ses mains dans ses poches et la quittant des yeux, quoi qu'il en soit, nous aurons au moins perdu plusieurs degrés. Ça va nous faire du bien. Des gens sont en train de fêter ça, en ville. Ils dansent dans les rues. Tout le monde n'est pas forcé de finir à l'hôpital.

Elle profita du silence pour lui glisser, écoute, je suis désolée si j'ai causé du souci, ce n'était pas mon intention, mais aussi, je ne vais pas m'en excuser. C'est trop important pour moi.

Okay, marchons comme ça, fit-il après réflexion. Je ne trouve pas de bonnes raisons à t'opposer. Je veux dire, des choses qui ne me feraient pas honte. C'est comme si tu m'annonçais que tu voulais devenir pilote de course. Qu'est-ce que je pourrais dire. Qu'est-ce que j'y pourrais. Mais ça ne m'empêcherait pas de trembler pour toi, tu vois, est-ce que tu me suis. On ne peut pas y faire grand-chose.

Dommage que maman ne pense pas comme toi. Ce serait plus facile pour tout le monde, je ne vais pas me cacher comme ça jusqu'à la nuit des temps.

C'est plus facile pour moi que pour Sylvia. Elle occupe une place dont personne ne voudrait dans cette famille. Ne sois pas trop dure. Elle ne sait pas trop comment s'y prendre avec ta sœur. Elle s'y prend mal avec toi, c'est sûr. Et ça ne va pas fort avec Anton. Tu vois. Je ne vais pas te faire un dessin.

Oui, je sais que c'est un problème. Elle est comme un mur.

Elle est terrifiée, ne cherche pas plus loin. Elle se demande d'où viendra le prochain coup, elle est comme le lapin pris dans les phares. Enfin, c'est ta mère. Tâche de faire au mieux.

Ils échangèrent un regard douloureux. Ni l'un ni l'autre n'y croyait.

Malgré les protections qu'Anton avait fait disposer, quelques tags injurieux avaient fleuri sur la grande porte du laboratoire – des types avaient réussi à renverser le grillage qui la protégeait. Il y avait aussi de la farine qui formait une espèce de pâte dégoulinante sur les baies du premier étage, et la plaque Laboratoire SveOda était couverte d'autocollants indécollables.

Anton était dégoûté. Greg n'aurait pas su dire si des larmes se mêlaient à la pluie qui l'arrosait copieusement tandis qu'il restait planté sur le trottoir d'en face, le regard vissé sur son labo.

Greg savait que ces dégradations lui faisaient mal au cœur, qu'elles touchaient une corde sensible. Elles n'étaient pas très importantes mais le problème n'était pas là.

Heureusement qu'il n'a pas vu ça, marmonna Anton en prenant un air sombre. Sinon il serait mort une seconde fois.

Il faisait presque bon, la pluie avait apporté un formidable répit et si l'on acceptait de se promener bras nus et trempés du matin au soir, c'était presque agréable – même si l'on souhaitait que tout cela ne dure pas trop longtemps.

Greg le prit par le bras et l'entraîna à l'intérieur. Le vigile portait de hautes bottes de caoutchouc noir. Certes, son uniforme manquait ainsi d'allure et le hall sentait le chien mouillé, ce qui pouvait nuire à l'image du labo, mais il ne méritait pas de s'attirer les foudres d'Anton – au point que son chien se réveilla et ne cessa de gémir pendant que son maître se faisait incendier.

Je suis désolé pour lui, mais il fallait que ça sorte, se justifia Anton dans l'ascenseur. Fais-lui livrer des chocolats.

Lorsqu'ils arrivèrent dans son bureau, un petit engin avec de gros yeux de libellule, au fond desquels clignotait un point rouge, nettoyait consciencieusement le vitrage extérieur.

Ils nous ont pas loupés, grinça Anton en changeant de pantalon.

Oui, ils savent qu'on a donné le feu vert. On est du pain bénit pour eux.

On est assez gros pour faire une bonne cible mais pas assez pour être intouchables. On coche toutes les cases. Nous sommes les parfaits salauds, n'est-ce pas, vendus au monde de la finance, aux grands groupes pharmaceutiques, aux Chinois ou je ne sais quoi. Je vois ça d'ici. Est-ce qu'on mérite ça, franchement.

Bien sûr. Je te l'ai déjà dit. Mais le plus ahurissant, tu vois, c'est qu'on parvienne à vivre avec ça dans la tête. Qu'on soit encore debout. Qu'on ait encore le sourire aux lèvres. Qu'on ne passe pas des jours et des nuits à se morfondre. Ça me paraît insensé, une souplesse pareille. C'est pas le bon mot, souplesse. Mais je suis bien obligé d'admettre qu'elle existe d'une manière ou d'une autre car j'en suis le premier bénéficiaire. Ou la première victime. On ne crache pas dans la soupe quand on roule en Porsche.

C'est tout à fait ça, acquiesça Anton en enfilant une chemise. C'est aussi bête que ça. Être ange et démon à la fois. En prenant garde, bien sûr, de ne pas laisser l'un prendre l'avantage sur l'autre. Toute la difficulté est là. Je sais pertinemment que c'est pas joué, mais ce goût de douceur et d'amertume dans le même panier, ça ne te fait pas bander, des fois.

Je me le demande en me réveillant chaque matin. C'est le côté ange que je sens pas bien.

Bon, attends encore un peu. Ça reviendra. Mais si tu allais te changer, tu mets de l'eau partout.

En tout cas, j'arrive à me mettre à leur place.

Oui, ça ne requiert pas un effort surhumain. On a tous eu leur âge.

Ça ne m'enchante pas de t'entendre dire des trucs pareils. Au mieux, je trouve que c'est pas très intelligent.

Alors ça y est, ils t'ont enrôlé, tu vas me tenir la jambe tous les matins avec la fonte des calottes glaciaires ou les ouragans de feu, ils t'ont fourré dans leur poche si je comprends bien. Ou alors c'est cette femme, Véra, qui te monte au cerveau. Est-ce que tu sais que tu fricotes avec une égérie de ce mouvement, j'attendais que tu m'en parles d'ailleurs, et moi je reste là, j'encaisse, je ne dis rien, je me dis il sait ce qu'il fait, c'est sa vie, et voilà le résultat.

Quel résultat. Je suis avec toi, de ton côté, j'ai eu droit à leurs crachats. Quel résultat. De quoi tu parles. Donc j'aurais dû lui mettre une étiquette sur le dos avant de te la présenter, qu'elle m'intéresse avant tout ne te suffisait pas, j'en déduis.

Le résultat, c'est que nous sommes attaqués de tous les côtés et que je ne sais pas dans quel camp tu es, voilà ce que j'y ai gagné.

Greg remarqua qu'effectivement il se tenait au milieu d'une petite flaque.

Tu penses que je suis un ingrat, peut-être. Après tout ce que tu as fait pour moi.

Non. J'ai juste besoin de savoir où je mets les pieds. Je ne tiens pas un stand de saucisses grillées sur le trottoir. J'ai besoin de savoir sur qui je peux compter.

Sur moi. Je ne peux pas te dire mieux. Sur moi. Jusqu'à un certain point. Par exemple, je ne te suivrai pas jusqu'en enfer. Ce genre de point. Le point au-delà duquel on ne peut pas aller.

Anton le considéra un instant, puis il fit claquer sa langue. Okay, déclara-t-il, c'est tout ce que je voulais savoir. C'est bien. Je suis rassuré. Mais quand j'ai vu ça tout à l'heure, ça m'a flanqué un coup à l'estomac. Tu peux le comprendre. J'ai pensé à ces femmes qu'on tondait à l'époque pour avoir couché avec l'ennemi. C'est un peu du même ordre, finalement. C'est ce que j'ai éprouvé, je me suis senti montré du doigt. C'est bien que tu sois là.

Je ne suis pas sûr que ta comparaison soit la mieux choisie mais j'entends bien. Je sais ce que ça représente pour toi. Ton père, ta famille, et cetera. Mais c'était le risque. Les gens ne font pas dans le détail. Ils en ont assez des scientifiques, des scandales, des mensonges. On ne récolte plus que leur mépris. Qui pouvait s'attendre à ce qu'ils nous envoient des fleurs. Bon Dieu. Anton, on a laissé sur le marché un truc qu'on aurait dû faire interdire à la vente. Est-ce que c'est clair pour toi. Tu t'étonnes de quoi, au juste.

Anton le jaugea du regard une nouvelle fois. Je ne t'empêche pas d'avoir tes propres idées, finit-il par annoncer. J'ai les miennes. Mettons-les de côté pour le moment, tu veux bien, on pourra toujours discuter plus tard de nos succès et de nos erreurs, il n'y a pas le feu, mais laisse-moi travailler, maintenant, sèche-toi et envoie-moi quelqu'un avec un seau et une serpillière.

Une fois sec, Greg enfila une blouse blanche et occupa le plus clair de son temps à suivre l'avancée des travaux des différentes équipes, à les coordonner, à vérifier des comptes rendus, des résultats d'analyse, à plonger des tubes dans de l'azote liquide, à se pencher sur un microscope électronique, etc., et aussi à demander comment allaient les enfants, est-ce que tout se passait bien, et aussi toutes ces dégradations, scandaleuses, et aussi cette pluie incessante qui allait finir par devenir inquiétante, et aussi cette rumeur.

Vous allez trop sur les réseaux sociaux, répétait-il. Ça va vous rendre fou.

Néanmoins, en effet, le bruit courait que les laboratoires SveOda étaient sous le coup d'une enquête administrative – on n'en savait guère davantage, ce qui laissait libre cours à toutes les interprétations possibles et les plus farfelues étaient les bienvenues. Il ne fallait pas que les choses aillent plus loin. Anton avait raison à cet égard. L'intégrité du laboratoire ne pouvait être mise en doute. Chacun le comprenait bien. Greg le comprenait parfaitement bien et faisait passer le message autour de lui. Pas d'état d'âme. On n'écoute pas les ragots. On protège notre outil de travail.

Toute l'équipe opinait. Des types avec de longues barbes, en pantacourt et tatouages aux mollets et des filles avec des poils sous les bras, des lunettes avec des montures en bois, des chercheurs, des cerveaux, tous grommelaient en chœur leur assentiment et semblaient se tenir prêts à lyncher la première personne qui la ramènerait pour les priver de leur salaire à la fin du mois.

Greg était bien placé pour savoir où se trouvait leur point faible.

Dans la soirée, il rendit compte à Anton de l'ambiance qui régnait au labo. Ils sont derrière toi, déclara-t-il. Ils sont outrés.

Je sais. J'aime bien ces gens et ils le savent. Je ne suis pas un monstre pour tout le monde.

Oui, on a une bonne équipe. On s'est donné du mal.

Sylvia était d'assez bonne humeur car elle avait enfin déniché des lentilles de vue progressives – à un prix exorbitant, sans doute, depuis qu'on ne trouvait plus d'hydrogel en dehors du marché noir – et n'avait plus à supporter cette affreuse paire de lunettes qui lui pendouillait entre les seins.

C'est bien de voir de près et de loin, dit-elle.

Ça change la vie, fit Anton.

Il plaisantait moins lorsqu'ils diffusèrent des images du rassemblement de la veille. Il se tourna vers Sylvia. Viens voir le travail, dit-il. Regarde-moi ça.

Sans doute l'entrée du labo n'avait-elle plus rien d'engageant, de rassurant, d'aseptisé après les événements de la veille, et la pluie n'arrangeait rien, ne cachait rien, au contraire elle amplifiait ce sentiment d'abandon, de grisaille, de dépôt d'ordures qu'on éprouvait – la boue commençait à venir à l'esprit, les caniveaux charriaient une purée qui débordait sur la chaussée –, qu'on ressentait dès les premières secondes.

Voilà de quoi je te parlais, fit Anton en s'adressant à sa femme. Je te laisse juger. S'ils cherchaient à me faire mal, ils ont réussi. J'ai marché à quatre pattes dans ce bureau, entre les jambes de mon père, je m'accrochais à sa blouse blanche pour monter sur ses genoux.

Oui, bien sûr, effectivement, déclara Sylvia. J'ai entendu dire qu'il y avait des blessés.

Je ne sais même pas, j'imagine que oui. Pourquoi n'y en aurait-il pas. Ils se cherchent à longueur de temps. C'est comme un jeu.

Greg rejoignit Aude qui se tenait à l'écart, devant la baie, ne manifestant pas le moindre intérêt pour le sujet.

Il ne l'a pas digéré, fit Greg en se postant près d'elle.

Oui, dès qu'on touche à son image, marmonna Aude. C'est tout ce qui l'intéresse, au fond. Ce qu'on pense de lui.

Ça ne me plairait pas non plus si j'étais à sa place. Essaie de comprendre. Tu n'es pas obligée de le critiquer sur tout.

C'est l'impression que tu as.

C'est pas une impression.

Oh, je ne sais pas pourquoi. Il m'énerve. Rien que d'en parler. Mais ce que je dis est vrai, il est comme ça. Ne parlons plus de lui, n'en parlons plus. La pluie devrait se calmer demain. À cause de la boue, j'ai dû réduire mon périmètre. Je peux tourner autour de la piscine, c'est tout. J'ai entendu parler de périodes d'accalmie. Je l'espère. Il faudrait demander au spécialiste. Il sent ce genre de choses, paraît-il, ne ris pas, c'est sa dernière invention.

Ça ne me gêne pas beaucoup. On est tous un peu bizarres quand on regarde bien. Un type qui sent venir la pluie peut rester fréquentable, faut pas charrier. Autrement on ne fréquente plus personne, autant devenir gardien de phare ou travailler en haut d'une grue.

Je crois sentir chez toi cette putain de solidarité entre mecs.

Mais bien sûr. Mais quand même, explique-moi. De quelle solidarité tu parles. Ça paraît chouette.

Tu ne trouves pas qu'on se croirait dans un aquarium. Je n'ai jamais vu autant d'eau de toute ma vie. Ça contrarie mes plans.

Greg tourna la tête pour s'assurer que les trois autres ne leur prêtaient pas attention.

Je suis heureux de constater qu'il te reste encore un minimum de jugeote, déclara-t-il. Ce n'est jamais bon de foncer tête baissée. Crois-moi.

Elle détourna les yeux. Je ne vais pas attendre de mettre des pneus neige, fit-elle entre ses dents.

L'intérieur de la libraire était encore éclairé. Il s'arrêta. Il n'avait pas prévu de s'arrêter mais quand même, il s'était écarté de son chemin pour passer devant chez elle. S'il n'y avait pas eu de lumière dans la librairie – et rien n'était moins sûr, il était huit heures du soir –, il aurait continué son chemin et serait allé boire un verre dans un bar pour écouter un ivrogne raconter sa vie ou une ivrognesse raconter la sienne et parfois même les deux en même temps.

Il n'avait pas eu très envie de rester dîner avec les autres. Il avait confirmé à Lucie qu'il viendrait la prendre le lendemain et s'était éclipsé en les embrassant de loin.

La porte était fermée. Il cogna à la vitre et Véra l'accueillit avec un large sourire avant de se baisser pour lui ouvrir, ce qui lui permit de constater qu'elle ne portait pas de soutien-gorge.

Tu as de la chance, j'étais sur le point d'éteindre.

Je passais par là, j'ai vu de la lumière. Je viens prendre de tes nouvelles.

Tu n'as qu'à monter si tu as une minute. On pourra s'asseoir.

Quand Véra parlait de s'asseoir, elle parlait de se laisser choir au milieu d'une flopée de coussins que l'on pouvait disposer à son goût. Dehors, la pluie crépitait sur la terrasse. Véra lui donna les chiffres des précipitations en attendant que la bouilloire la bipe. Son bureau était encombré de manuscrits, de notes griffonnées sur des post-it collés à même la plaque de verre posée sur des tréteaux. Mong avait pris possession des lieux et se frottait partout, en particulier entre les jambes de Véra. On se croirait en pleine mousson, dit-elle. Mais bon, il faudra s'y habituer de toute façon. Il hocha la tête, il pensait plutôt à cette poitrine qu'il avait entraperçue et ne parvenait pas à s'en débarrasser. Il voulait bien boire quelque chose de chaud, mais de pas trop chaud. Et cette blessure à la cuisse, elle en était où. Elle portait une jupe légère dont elle remonta les pans vers son entrejambe afin de pouvoir montrer sa blessure à Greg sans l'embarrasser ni le distraire. Il y avait du jaune, du rouge, du vert, du bleu pétrole, de la peau arrachée. Elle ne lui laissa pas le temps d'en voir davantage car elle relâcha sa jupe et se tourna vers la bouilloire qui s'impatientait.

Il n'y a pas de vent, tu peux ouvrir, dit-elle en préparant deux tasses. Je vais tendre un peu la bâche. Il fait encore bon. Ça provoque une vraie pagaille en ville, tu as vu ça.

Oui, on a déjà eu la même chose l'année dernière. Mais ils n'en ont tiré aucune leçon, ils n'ont rien appris. Les égouts commencent à déborder dans certains coins, les plaques se soulèvent. Ils attendent quoi pour installer des pompes, que ça nique le courant comme la dernière fois, durant une semaine entière, tu te souviens de ce cauchemar.

J'avais eu de l'eau dans la librairie, Christine et moi étions dans une panique totale. D'ailleurs j'étais en train de mettre à l'abri les livres du bas quand tu es arrivé. Je suis d'accord avec toi, il y a un manque flagrant de réactivité de leur part. Et comme je ne leur fais plus confiance, je prends mes dispositions, mais ça va, j'ai pratiquement fini. Son livre se vend vraiment bien, il m'a libéré de l'espace.

Tout compte fait, j'ai bien envie de le lire, annonça-t-il. Ça ferait plaisir à Lucie. À moi aussi.

C'est ce que j'aime, faire d'une pierre deux coups. Ça me parle.

Comme elle se penchait vers la table basse pour y déposer la théière fumante, il examina rapidement le coup qu'elle avait reçu sur le crâne et se déclara satisfait.

N'empêche qu'ils ne rigolent pas, soupira-t-il. Il va falloir muscler le service d'ordre. À votre place, moi, c'est la première chose dont je m'inquiéterais.

Elle le fixa un instant, comme si elle le jaugeait et réfléchissait avant de lui soumettre ce qu'elle avait en tête, mais elle se reprit brusquement en lui demandant s'il avait faim.

En général, les coupures de courant intervenaient au moment où l'on glissait un plat au four ou lorsqu'on souhaitait prendre un bain chaud après une épuisante journée de travail ou se suicider en mettant les doigts dans une prise.

Elle eut un rire bref lorsque la coupure arriva car elle n'avait de toute façon que du froid à lui offrir. Me voilà sauvée, déclara-t-elle en allumant de fausses bougies flanquées de vagues loupiotes qui n'éclairaient pas grand-chose mais convenaient tout à fait.

Ils firent un pas sur la terrasse, tout en restant à l'abri. Regarder tomber la pluie n'avait pas encore perdu tout son intérêt, mais celui-ci avait fortement baissé. Ils restèrent debout, le dos appuyé à la baie, avec leur thé chinois en guise d'apéritif et Mong qui tournait et virait à leurs pieds.

Il va y avoir de sacrées inondations, dit-elle.

On a déjà oublié les incendies, les forêts encore en flammes pas plus tard que la semaine dernière. On s'habitue vite.

Elle tendit le bras pour mettre sa main sous les gouttes. Elle se tourna vers lui en souriant.

Ça le fit sourire à son tour – c'était encore un de ces trucs idiots dont les enfants sont dingues, comme de sauter à pieds joints dans les flaques ou pisser tranquillement dans sa culotte.

Donc elle s'avança et la pluie se mit à rebondir sur elle et la trempa en un clin d'œil.

Tu devrais venir, c'est fantastique, fit-elle comme s'il s'agissait d'eau bénite.

Il n'était pas très chaud mais le fait est, la voyant ainsi offerte aux bénédictions du ciel, extatique, le sourire aux lèvres, qu'il se sentait tenté.

Il se laissa prier – les yeux mi-clos, elle l'invitait d'un geste –, puis il se déchaussa, abandonna son pantalon sur une chaise et fit un pas sous la pluie.

Elle était tiède, avec un léger goût de silex et de colle à bois, elle tombait de partout. Ce n'était pas désagréable – il avait une baignoire à bulles, chez lui, qui n'était pas mal non plus. D'accord, c'était apaisant. De vieilles sensations remontaient.

Quoi qu'il en soit, cette petite diversion semblait avoir enchanté Véra qui s'ébrouait gaiement à l'abri. Il ne s'était pas trompé à propos du soutien-gorge, elle n'en portait pas, et sa chemise à tordre était là pour le confirmer. Sa jupe collait à ses jambes, épousait son bas-ventre. Elle disparut aussitôt dans la salle de bains tandis qu'il observait en s'égouttant les rares lumières aux fenêtres du voisinage, les rues noires en contrebas, luisantes comme des rivières, le pâle retour de la lune dans un ciel plus profond en partie débarrassé de la saloperie tenace qui l'avait couvert ces derniers mois.

Elle réapparut vêtue d'un peignoir de bain blanc. Elle avait le même pour lui. Il se frictionna la tête pendant qu'elle démêlait ses cheveux et l'aida à replacer un pansement sec sur son crâne car elle n'y voyait rien. Mais ça valait la peine, affirma-t-elle. Merci. Ça ira pour ma cuisse, tout va bien, je vais me débrouiller.

Il opina et retourna sur la terrasse afin de récupérer ses affaires et se débarrasser discrètement de l'espèce de pattemouille qui lui collait aux fesses. Il la mit au séchoir et se servit un verre en regardant Véra à son insu tandis qu'elle s'escrimait à cause de la crème à bander sa cuisse. Par instants, le peignoir s'ouvrait et, malgré la pénombre, les yeux s'y engouffraient.

Bon, écoute, finit-elle par soupirer, puisque tu es là, peux-tu venir m'aider, c'est juste pour tenir la bande sinon elle glisse. Là, j'ai besoin de trois mains.

Greg s'exécuta et il s'en tira plutôt bien car à la fois il s'interdit tout regard inconvenant et n'en perdit cependant pas une miette. Peut-être le faisait-elle exprès, d'ailleurs. Difficile de trancher. Mais d'une manière ou d'une autre il n'allait pas s'en plaindre. Par exemple, elle ne portait pas de culotte. Il l'aurait juré. La sombreur de la pièce, faiblement éclairée par les fausses bougies en question, ne permettait pas d'y mettre sa main à couper, et encore moins sa tête. Elle avait été si prompte, aussi, ne s'était dévoilée que le temps d'un éclair en repliant sa jambe dûment enrubannée de scratch rose bonbon.

Il se leva avant de se mettre à bander. Mong le regardait. Il se baissa pour lui caresser la tête. J'ai longtemps cru que j'étais allergique aux chats, dit-il. Et puis un beau jour, ça m'a passé. En fait, c'était la fille, ma petite amie à l'époque. J'avais des démangeaisons dans la paume des mains, j'éternuais, ma voix s'enrayait, j'avais le contour des yeux rouges en permanence. Je croyais que c'était son chat, mais non. C'était elle. J'étais allergique à cette fille et je ne m'en étais pas rendu compte. Ça m'a sidéré. Et ce pauvre chat, je ne sais combien de verres d'eau je lui ai balancé à la gueule, combien de fois je l'ai enfermé dehors en plein hiver. C'est une triste histoire, mais qui a bien fini. Dès que mon amie a fait sa valise, mon asthme a disparu.

Ils mangèrent du bout des doigts, découvrirent qu'ils n'avaient pas très faim ni l'un ni l'autre mais plutôt soif, et ils se partagèrent une bouteille de vin blanc suédois – on attendait beaucoup d'un chardonnay cultivé à un jet de pierre du cercle polaire arctique pour les prochaines vendanges – en discutant de choses et d'autres, agenouillés sur des coussins, picorant quelques trucs, des grissini, sur la table basse.

Tu sais, dit-elle, au train où vont les choses, ils pourront aussi y faire pousser des bananes. En tout cas, leur vin est bon. C'est Ralph, mon ex-mari. Il le commandait par caisses.

Greg hocha la tête. Et il est où, en ce moment, demanda-t-il.

Oh, il vit à l'autre bout du monde. On ne se comprenait plus du tout, je ne pouvais plus me concentrer sur ce que je faisais. Mais la distance a tout arrangé, les changements de fuseaux horaires, d'hémisphère également. Ça n'a pas été très douloureux. Nous sommes restés plutôt bons amis. L'amitié est souvent la meilleure solution, à mon avis.

Tu dis ça pour nous deux, l'interrogea-t-il en attrapant un cracker.

Oui et non. J'essaie de réfléchir. Je ne sais pas si ce serait une bonne chose. J'ai peur que nous n'y laissions des plumes.

Nous n'avons pas de couteau sous la gorge.

Et si le sexe n'était qu'un marché de dupes, pour finir. La promesse d'une récompense impossible à obtenir.

Il lui tendit le caviar d'aubergines et reversa du vin dans les verres. C'est une possibilité, répondit-il. Pas la plus réjouissante, mais c'est une possibilité. On peut voir ça sous cet angle.

Et tu en déduis quoi.

Est-ce que ça vaut le coup, comment veux-tu que je sache. Avons-nous quelque chose à y perdre. La réponse est oui. La raison voudrait que l'on s'en tienne à l'amitié.

Elle le fixa sans dire un mot, avec curiosité. Puis elle finit par sourire.

C'est la sagesse incarnée, dit-elle en opinant. N'importe quelle personne sensée peut le comprendre. Ne soyons pas amants mais amis, de vrais amis. Greg, ce serait formidable. Je ne suis pas joueuse dans l'âme. Surtout, je n'aime pas perdre.

Si tu avais une autre bouteille, nous pourrions boire à notre amitié, je pense qu'il faut marquer le coup, ce n'est pas rien. Je n'ai jamais eu d'ami femme, personnellement. C'est presque intimidant.

J'en ai entendu parler, assez rarement mais quand même, et j'en ai eu de très bons échos, il était question d'une expérience fascinante.

Tu peux te moquer, tu pourrais être surpris.

Il se leva, récupéra son slip qui était sec, l'enfila, c'était chaud, puis il retourna s'asseoir, ouvrit la bouteille et resservit Véra dont la chevelure encore humide brillait dans la pénombre.

Je ne me moque pas vraiment, tempéra-t-il. Je suis à deux doigts d'y croire. Mais ça sonne bien, sur le papier, ça donne envie.

Ça ne tient qu'à nous. Pour le sexe, il suffit de traverser la rue ou de se connecter. Quant aux histoires d'amour, on sait comment elles se terminent.

Ne mélangeons pas tout. Mais je suis d'accord. Sinon qu'une certaine attirance ne peut pas faire de mal.

Bien entendu. C'est même nécessaire. D'ailleurs je vais être franche, mais je serais désolée si tu n'avais pas envie de poser tes mains sur moi. Je serais vexée.

Ça m'a traversé l'esprit, quelquefois.

Je veux dire là, maintenant.

Tu veux dire là, en ce moment, alors que tu es allongée à côté de moi, à moitié nue, alors que nous sommes seuls, avec pour uniques témoins ces petites lumières fantomatiques. Mais quelle drôle de question.

C'est juste pour savoir. Il ne faut pas que ce soit trop facile.

Ce n'est pas facile du tout, rassure-toi.

Elle s'étira. Oui, je sais, soupira-t-elle, mais je pense que le jeu en vaut la chandelle. Ce sera bien, tu verras. Tu vois, nous sommes à moitié ivres tous les deux, et ça ne dégénère pas, tu vois que ce n'est pas au-dessus de nos forces. Il faut le vouloir. Ne crois pas que ce soit plus facile pour moi. Tu crois que je n'ai pas envie, moi aussi. Comme ce serait simple d'oublier cette histoire d'amitié, d'arracher mon peignoir et de sauter sur toi. Mais ensuite.

Elle secoua la tête sans terminer sa phrase – ou peut-être que si, l'avait-elle terminée. Greg s'occupa de remplir les verres. Il avait les mains moites.

Est-ce que je peux venir m'asseoir près de toi et mettre ma tête sur ton épaule, demanda-t-elle.

Il tendit le bras et elle s'installa contre lui.

Tu vois ce que je veux dire, fit-elle au bout d'un moment.

Véra ne niait pas qu'elle se sentait sérieusement attirée par lui. Plus ou moins depuis le début. Si elle s'endormait en pensant à lui, il n'était pas rare qu'au matin elle se réveillât enlaçant l'édredon et le tenant serré entre ses jambes. Mais elle hésitait encore. Il y avait l'effroyable accident de sa femme dont il se disait responsable et dont elle estimait qu'on ne sortait jamais complètement indemne. Devait-elle aller plus loin qu'un flirt un peu direct avec un homme qui avait subi un tel choc. Lequel homme, par-dessus le marché, travaillait pour un laboratoire qui n'avait pas les mains très propres, apparemment. Est-ce que je deviens folle, se demandait-elle. Est-ce que je n'arrive pas à un âge où ces aberrations devraient nous être épargnées.

Le pire était qu'elle soit parvenue à dormir dans ses bras. Qu'il n'ait pas ronflé. Qu'il n'ait rien tenté d'équivoque. Rien dit. Elle avait passé une nuit formidable. À quelques centimètres de lui. Tout ce qu'il ne fallait pas.

En se levant pour préparer du café, elle crut qu'elle allait vomir. Lorsqu'elle entendit Greg sous la douche, elle ébaucha un pâle sourire. Ce qui lui arrivait était terrible.

Elle avait traîné un peu après qu'il avait filé pour un problème au labo, elle avait tourné en rond sans même prendre le temps de s'habiller. Cette pluie continuelle, régulière, bien qu'elle fût beaucoup moins forte, commençait à taper sur les nerfs. L'enfer des mois précédents, de sécheresse absolue, la température qui explosait dans les thermomètres, à choisir, peut-être n'était-ce pas la plus mauvaise option. Surtout le bruit, l'insupportable bruit du ruissellement à moins de s'enfermer derrière un double vitrage alors qu'on étouffait à cause des coupures de courant qui mettaient la clim hors service. Et les milliards de petites clochettes lugubres qui tambourinaient tranquillement sur le toit et la terrasse et grésillaient comme des insectes pullulants. Le soir, lorsqu'elle était seule, elle écoutait de la musique ou mettait des boules Quies.

Et tu ne l'as pas baisée, s'exclama Aude.

Il haussa les épaules. Non, répondit-il en prenant un air évasif. Ce n'est pas ce qu'elle cherche, si j'ai bien compris.

Oh, ce n'est pas ce qu'elle cherche. Vraiment. Tu plaisantes, j'espère. Je suis sortie avec son fils, je la connais un peu, tu vois.

Avec Aude, il conduisait prudemment, respectant les limites de vitesse d'un autre âge alors que les routes n'étaient plus guère fréquentées, et elle avait renoncé à lui demander pourquoi rouler en Porsche si c'était pour se traîner comme une couille molle. Il ne lui répondait pas. Il serrait les dents tellement ça le démangeait. Il se souvenait de la poursuite, de sa fureur, de sa rage, de cette course à fond de train pour les rattraper. C'était comme d'avoir été mordu par un serpent à sonnettes ou d'avoir vendu son âme au diable.

Et toi, pauvre idiot, tu mords à l'hameçon.

La réunion se tenait dans un théâtre en bois bâti sur les hauteurs. On y donnait aussi des concerts de musique classique, et d'ordinaire le public arrivait en avance pour flâner alentour, prendre un verre et profiter de la vue et du coucher de soleil qui vernissait les cimes enneigées. À présent, le décor n'était plus le même. Les bardeaux noircis de pluie donnaient au bâtiment des allures de maison hantée, la pelouse avait cédé la place à un terrain boueux zébré d'ornières où trempaient des touffes d'herbe brune, le ciel était bas et les rares épicéas encore en vie, ceux que la sécheresse avait épargnés, ruisselaient en silence.

Il s'arrêta devant l'entrée, s'excusa auprès du vigile qui répétait vous ne pouvez pas rester là, monsieur, vous ne pouvez pas rester là, déplia le fauteuil d'Aude sous l'auvent, se pencha sur elle, la prit dans ses bras et la déposa sur son siège, à l'abri.

Le parking n'était pas tout près. Cinq bonnes minutes de marche sous la pluie. Sans parapluie. Mais il avait un imperméable. Qui ne servait à rien, d'ailleurs, car le truc était déjà collé à lui comme une seconde peau flasque et translucide.

Il retrouva les filles à l'entrée. Visiblement, Véra et Aude avaient refait connaissance et Lucie menait habilement la conversation, soucieuse de planter les graines d'une entente cordiale – ou plus encore si affinités – entre ses deux aînées.

En tout cas, il était satisfait de mettre fin à son tête-à-tête avec Aude. C'était toujours sombre et brûlant avec elle depuis son accident, jamais tranquille ni léger. Ce qui ne l'empêchait pas de l'aimer, mais à petites doses, par moments espacés. Ils trouvèrent une table libre à la cafétéria et s'y installèrent en attendant que la salle se remplisse. Des discussions étaient prévues, des échanges, des rencontres, des projections, des boissons sans alcool, des sandwiches. Il y avait pas mal de monde, des représentants de pays où le mouvement avait pris, un peu de presse, un peu de brouhaha. Pendant que l'on distribuait des traducteurs instantanés et des lunettes, Greg termina plus ou moins de s'éponger en vidant le distributeur de serviettes et il se pencha en direction de Véra.

Je me demande, fit-il en aparté, pour quelle raison Aude a décidé de venir.

Pour moi, bien sûr, elle vient pour moi, le renseigna Véra avec un large sourire. Elle cherche à comprendre, elle est curieuse. Elle a saisi la première occasion.

Il se redressa en hochant la tête. Elle avait sans doute mis le doigt dessus. Parfois, il se disait que les femmes avaient comme des antennes.

Il profita que Véra les abandonne et monte sur l'estrade avec un micro, leur souhaitant la bienvenue à toutes et à tous, pour se lever et ramener des bouteilles d'eau. Bizarrement, voir toute cette pluie tomber donnait soif, d'autant qu'il faisait toujours chaud.

Il retrouva Aude qui prenait l'air sous l'auvent et fumait une vraie cigarette.

Alors, dit-il. Tu en penses quoi.

J'ai peur que ce soit assez chiant.

Je ne te parle pas de ça.

Oh. Oui, bien sûr, déclara-t-elle. Oui, je vois.

Il but quelques gorgées en attendant qu'elle poursuive. Trois ou quatre sommets brillaient dans le lointain tandis que la pénombre les engloutissait. On ne voyait déjà plus le lac en contrebas – par économie, les rives n'étaient plus éclairées.

Ne me fais pas rire avec tes histoires de pure amitié, finit-elle par annoncer. Je ne devrais plus attendre encore très longtemps. C'est du lait sur le feu.

Tu vois ça dans ta boule de cristal, j'imagine.

À la façon dont elle te regarde, je peux te dire qu'elle n'a pas besoin de gel lubrifiant.

J'aime bien cette façon que tu as de ne pas tourner autour du pot. On gagne du temps.

Qu'est-ce que j'ai dit, fit-elle en prenant l'air étonné.

Rien. En attendant où est ta sœur.

Devant l'estrade. Elle boit Véra des yeux. Elle est forte. Je parle de Véra.

Tu sais, ce serait bien si ça ne se passait pas trop mal entre Véra et toi.

Je sais. Tu me l'as déjà demandé. Je suis venue pour voir si c'était possible.

Bien sûr. C'est forcément possible. Il faut un peu de bonne volonté. Je n'attends rien d'extravagant.

Je lui ai tellement souri depuis tout à l'heure que j'en ai mal aux joues.

Tu crois que j'ai douté de toi une seule minute.

Elle est encore pas mal fichue, il faut le reconnaître. Et elle n'est pas idiote. C'est déjà pas mal. Et Sylvia, elle en dit quoi.

Pas grand-chose. Ta mère a d'autres problèmes à régler. Ma vie sentimentale n'est pas numéro un sur sa liste.

Des applaudissements retentirent à l'intérieur.

Ils sont heureux de se retrouver, dit-il. Je crois qu'ils font ça une fois par an. Mais sinon, ils ont raison. Comment ne pas être d'accord avec eux sur le fond. Faut être sacrément de mauvaise foi ou sacrément débile pour ne pas admettre l'évidence. Bien sûr qu'ils ont raison.

Une formidable explosion se produisit alors.

Tout le théâtre vola en éclats. C'était un bâtiment qui datait du siècle dernier et qui faisait la fierté des environs. Sous la violence du souffle, le sol de la véranda se souleva et envoya Aude et son fauteuil valdinguer dans la boue. Greg fut projeté contre une poutre de bois centenaire qui soutenait l'auvent et il s'y assomma presque. Il n'entendait plus rien. Il voyait juste des gens sortir de l'entrée dans une fumée épaisse, couverts de poussière, grimaçants, la bouche grande ouverte, mais le silence était incroyable.

Il avisa Aude qui se débattait dans la boue grasse. Il se dirigea vers elle en titubant, incapable de penser. Il la tira cependant de ce mauvais pas. Il la souleva dans ses bras et la réinstalla dans son fauteuil. A priori elle n'avait rien. Il lui fit signe qu'il n'entendait plus. Il n'était même pas capable de prononcer un mot.

Il s'élança vers l'entrée où une énorme bousculade s'organisait déjà. Les gens sortaient en courant, à genoux, en rampant sur les coudes, ils toussaient, gémissaient, hurlaient, comme dans un film muet, et si la circonstance n'avait pas été aussi atroce peut-être y aurait-il trouvé un certain attrait.

Enfin bref, avec beaucoup de mal, il parvint à franchir les portes contre le flot adverse – on aurait dit une charge de sangliers sauvages. Au premier abord, on n'y voyait rien, il y avait trop d'obscurité, trop de poussière, trop de fumée pour qu'on distingue grand-chose mais sa vision se régla et il put commencer à les chercher. Il criait leurs noms mais il n'entendait pas sa voix. Et si quelqu'un lui répondait il n'entendait rien. Une énorme tenaille lui enserrait la poitrine. Très vite, il trouva Véra. Elle semblait ne pas trop tenir sur ses jambes mais elle était entière, il ne voyait pas de sang. Il passa un bras de celle-ci par-dessus son épaule – cela devenait une habitude – et l'entraîna dehors. Il lui fit signe qu'il n'entendait rien et la confia à des gens pendant qu'il se précipitait de nouveau à l'intérieur. Il en pleurait presque.

Toutes les chaises avaient valsé, les bancs, les tables, il y avait des corps qui ne bougeaient plus, des gens qui se relevaient à peine, le chaos était total, c'était irrespirable.

Il retourna du côté de l'estrade. Toutes les fenêtres avaient été pulvérisées et le sol était tapissé de grains de verre comme s'il avait grêlé. Il cherchait du bleu clair. Lucie portait aussi des bottes en imitation caoutchouc vertes. Il les repéra au premier coup d'œil.

À demi cachée par un banc retourné, Lucie gisait, inanimée. Ce qu'il ne fallait pas faire, c'était la bouger mais il ne pouvait pas la laisser là, tout ce machin allait s'écrouler ou prendre feu d'une seconde à l'autre, comment savoir, il n'était pas pompier ou Dieu sait quoi. Elle se tenait en chien de fusil. Il chercha son pouls. Puis il la prit dans ses bras le plus délicatement possible. La même scène s'était déroulée cinq ans plus tôt. Il avait sorti son fils, Nicky, de la voiture accidentée, l'avait porté de la même manière, sauf que Nicky ne respirait plus, c'était terminé.

La salle finissait de se vider, pour ne plus garder que les faibles, les éclopés, les mourants, les morts et la fumée commençait à s'évacuer grâce au courant d'air provoqué par l'éventrement du mur qui s'ouvrait désormais directement sur la vallée en contrebas.

Greg se frayait un passage en zigzaguant au milieu des gravats, et il parvenait à l'entrée quand l'étage du dessus s'effondra avec une partie de la toiture – en silence pour lui –, bloquant la sortie. Un véritable mur de bois enchevêtrés, de plâtre en morceaux, de blocs inidentifiables qui ne laissait rien passer sauf les lueurs des gyrophares se glissant dans les interstices et provoquant une insupportable atmosphère de fête, de guinguette, de lampions colorés à effets stroboscopiques.

Au moins les secours étaient sur place. Impuissants. Ça va prendre trop de temps pour déblayer, leur annonça une voix ferme de l'autre côté des éboulis. On envoie des nacelles. Vous grimpez dedans, vous touchez à rien, on s'occupe de tout. C'est quoi, l'estimation.

Dix morts, une quarantaine de blessés, répondit une femme par-dessus l'épaule de Greg – alors que l'une des siennes, d'épaule, semblait démise et pendait de son chemisier blanc.

Ça va aller, madame, restez calme. On va établir un hôpital de campagne destiné aux urgences. Tenez bon. On a l'habitude. Ne pleurez pas. Est-ce que vous sentez le gaz. Non. Tant mieux. Ça devient une vraie pataugeoire, ici. On va vous sortir de là, soyez tranquille. Les drones sont déjà partis, ils seront sur zone dans trois minutes. En attendant, vous approchez pas des murs, y a plus rien qui tient. Bougez pas d'où vous êtes.

On l'avait obligé à lâcher Lucie quand on les avait débarqués mais il refusa de quitter l'hôpital tant qu'elle n'en sortirait pas. Il y passa quelques nuits avant qu'elle ne se réveille. Il pleuvait toujours mais le ciel s'éclaircissait par intermittence de sorte qu'en approchant un siège près de la fenêtre il pouvait lire à la lumière naturelle ou écouter les yeux mi-clos cette fille que Véra lui avait fait découvrir, Michelle Gurevich, une bénédiction, des enregistrements qui ne dataient pas d'hier, 2016 et 2018, avec une voix à tomber.

Lucie donnait l'impression d'être endormie. Il lui parlait de bon matin, lui prenait la main, puis il laissait la place aux infirmières et descendait boire un café avant de remonter.

Il dormait près d'elle, dans un fauteuil orthopédique automatisé qu'il pouvait presque transformer en lit – Anton avait soudoyé l'équipe de nuit pour qu'elle ferme les yeux sur cette terrible entorse au règlement – et duquel il s'était ramassé la première nuit, suite à un cauchemar vers trois heures du matin, mais sans mal sur le sol en PVC.

Chacun avait cherché à le dissuader de rester avec elle jour et nuit mais il n'avait pas voulu discuter et n'avait pas cédé d'un pouce. Pourquoi serait-il rentré chez lui. Qu'avait-il de mieux à faire que de rester près d'elle, aussi inutile que c'était. Il en profita pour lire le livre de la jeune femme.

Il ne s'interrompait qu'au moment des visites qui ne duraient jamais très longtemps. Bien qu'elle fût inconsciente, on se penchait sur elle pour lui souffler trois banalités, on l'embrassait sur le front, on lui souhaitait bon courage, on lui disait à demain ou dès que possible, et ensuite il pouvait reprendre sa lecture. Captivante. Elle envoyait.

Ce livre rendait tellement furieux. À moins de faire preuve d'un optimisme inébranlable, il n'y avait aucune chance de réparer les dégâts infligés à l'environnement – sans même parler des catastrophes humanitaires. Au fond, se disait Greg, c'était une histoire d'engrenage muni d'un cliquet antiretours. Si certains s'employaient à limiter la casse, d'autres – plus puissants, plus roués, plus vénaux – s'empressaient de tout démolir. Une mécanique folle, que rien ne pouvait arrêter. C'était hallucinant. Quand il se levait pour faire trois pas, il s'arrêtait devant elle pour la regarder. Réveille-toi et demande-moi ce que tu veux, avait-il fini par l'implorer dans un moment de tristesse.

Quand le soir tombait, il fermait la fenêtre de la chambre car les nuits fraîchissaient. Son problème d'audition avait été réglé dès son entrée à l'hôpital, il entendait le crépitement de la pluie de façon encore plus nette à présent, il pouvait percevoir un souffle au milieu de la nuit, si jamais. On lui avait également nettoyé les yeux de saletés qui l'empêchaient de cligner les paupières.

Sans doute était-il plus loquace que Lucie quand on cherchait à lui faire la conversation, mais il ne s'étendait pas et ses interlocuteurs, de guerre lasse, ne traînaient pas longtemps.

Tu vas finir par te rendre malade, lui déclara Sylvia.

Non, c'est déjà fait. Je ne risque plus rien. Et puis c'est bien que l'un de nous soit présent lorsqu'elle ouvrira un œil.

Oui, peut-être, mais moi je ne peux pas, je n'ai pas la force. Je ne dors plus.

Bien sûr. Je ne bougerai pas d'ici. Personne ne m'attend.

Elle secoua la tête. Elle ne pouvait pas le rendre responsable de tout. Elle savait que ses filles n'écoutaient rien. Marc-André, leur père, avait déclaré forfait assez vite, sitôt qu'il avait pris conscience de l'énergie qu'il lui faudrait déployer – et sans doute en pure perte – pour leur expliquer la vie et leur apprendre l'obéissance, les règles à respecter, les trucs à ne pas faire quand on était une fille et que les poils et les seins commençaient à pousser, les pièges à éviter, les expériences cuisantes, etc. – le gars avait pressenti l'immensité de la tâche et n'avait pas présumé de ses forces, il fallait bien le lui concéder.

Il n'aurait pas su davantage les tenir, déclara-t-elle après avoir tamponné son nez dans un mouchoir qu'elle gardait à la main. Quant à Anton, je ne t'en parle même pas. Tu n'es coupable de rien, Greg, heureusement que tu étais là.

Elle va se réveiller.

C'est une attente insupportable, c'est pire que tout. Je tourne en rond, je ne sais pas quoi faire, mais je ne pourrais pas rester là, comme toi, à me ronger les sangs, à me tenir à son chevet pendant qu'elle est entre la vie et la mort. J'en deviendrais folle.

Arrête. Elle n'est pas entre la vie et la mort. Je sais que c'est dur. N'en rajoute pas.

Il regarda sa montre, espérant que Sylvia serait la dernière visite de la journée. C'était le meilleur moment. Une fois les visites terminées, le silence commençait à s'installer dans les couloirs et la pénombre s'ensuivait assez vite. Il allumait alors un pâle néon fixé au-dessus du lit et cela suffisait amplement. Le temps s'arrêtait.

Il n'avait rien avalé de solide depuis quatre jours. Non qu'il cherchât à s'infliger quelque vague pénitence mais simplement parce qu'il n'avait pas faim et n'y pensait pas – et d'ailleurs on ne lui proposait rien, il n'était pas censé être nourri puisqu'il n'était pas censé être là, lui avait-on rappelé. Par moments, son estomac lâchait des borborygmes mais ce n'était pas entièrement dû à un problème de nutrition. Anton se connecta pour prendre des nouvelles.

Ça va, tu tiens le coup.

Greg hocha la tête.

Tu n'as pas bonne mine, reprit Anton. Tu devrais faire un break. Et si je venais te chercher pour aller dîner quelque part et ensuite je te ramènerais, ça te ferait du bien.

Greg refusa la proposition avec une grimace. Je viens de manger un sandwich au tofu, déclara-t-il, je suis calé.

Anton porta son attention sur Lucie. Puis il poussa un profond soupir. Écoute, dit-il, nous traversons une période douloureuse depuis un moment, alors faisons en sorte de ne pas en rajouter. Parce que ton attitude, là, ce numéro que tu nous fais, et ça va, je ne mets pas ta sincérité en doute, mais tu nous culpabilises, mon vieux, est-ce que tu le sais, tu nous montres du doigt. Et comme si ça ne suffisait pas, est-ce qu'on doit s'inquiéter pour toi maintenant. Est-ce que tu te sens bien parfois. Tu as vu la gueule que tu as.

Greg venait de régler son fauteuil en position allongée lorsque Anton s'était manifesté et il s'y installa tandis que celui-ci se penchait au-dessus de Lucie et l'inspectait avec méfiance.

Ses joues ne sont pas plus roses, toujours pas, fit Anton en retirant ses lunettes. Cette pauvre chérie. Tu sais que ça peut prendre pas mal de temps, sinon. Je pense que c'est pas bon pour toi de t'enfermer dans cette ambiance mortifère, ça rendrait n'importe qui malade.

C'est normal que je sois là. Je ne l'ai pas sortie pour rien de ce bazar.

Que le Ciel t'entende, c'est tout ce que je demande. Mais quand même lève un peu le pied, tu veux.

Lorsqu'il ouvrit un œil, l'aube se dévoilait à peine. Sa conversation avec Anton avait pris fin depuis belle lurette mais il ne s'en était même pas rendu compte, ou du moins n'en avait aucun souvenir. L'hôpital baignait dans un silence cotonneux, n'était le ronflement lointain d'un aspirateur égaré dans un couloir – avec les nouvelles puces, de provenance incertaine, le nombre d'appareils qui se déglinguaient en cours de route devenait impressionnant, les aspirateurs en particulier, ils avaient eu de sérieux ennuis avec l'un d'eux par le passé, le truc s'était littéralement envolé dans les airs comme une soucoupe volante, avait ricoché sur les murs et dévasté les paillasses, les prélèvements, les produits, les expériences en cours, tout le monde s'était réfugié sous les tables, les bureaux, l'engin était devenu fou, littéralement enragé, jusqu'au moment où Anton l'avait coincé dans un coin puis écrabouillé à coups de chaise.

Il entrouvrit la fenêtre pour respirer. La pluie faisait un bruit de biscotte écrasée qui ronflait soudain sous les bourrasques. Le vent se levait, ébouriffait la surface du lac qui semblait fumer par endroits, se perdait dans les bosquets encore noirs qu'on entendait siffler et frissonner à l'envi. Ça y était. Les températures allaient commencer à descendre, il allait falloir s'équiper. La bascule s'était produite. L'hiver dernier – si l'on pouvait encore nommer les saisons – s'était étalé sur six mois et les gens gardaient un souvenir mitigé de l'épisode auquel ils avaient dû s'adapter. Tout le monde n'avait pas les moyens d'aller bronzer au cap Nord ou d'aller faire du nudisme en Islande. Le commun avait droit au virtuel. Une nuit dans un palace à Hawaï avec accès direct à la plage coûtait trois euros pour une assez bonne qualité, un assez bon rendu des couleurs. Il referma la fenêtre afin de ne pas trop refroidir la chambre et, quand il se retourna, elle avait les yeux grands ouverts.

Tout le monde était content de la retrouver mais elle n'avait pas non plus disparu pendant six mois, de sorte que la flambée d'attention qu'elle avait suscitée s'éteignit vite. Et c'était tout ce qu'elle espérait. De pouvoir tranquillement retourner à ses affaires. Elle ôta sa minerve et resta tranquille quelques jours, fit de son mieux pour se montrer affable, disponible, presque empressée quelquefois et de bonne humeur malgré le vent et la pluie qui proposaient un décor d'orage, des paquebots sombres filant sur de l'étain. Sylvia et Anton, s'ils ne l'avaient pas déjà compris, savaient à présent de quoi il retournait mais ils devaient la ménager et contenir leur humeur malgré qu'ils en aient. Elle aurait eu tort de ne pas en profiter. Elle savait que le chemin serait sans doute encore chaotique. Au moins étaient-ils sortis de l'ornière, à présent, au moins les masques étaient-ils tombés.

Elle resta à l'écart de sa bande durant sa mini convalescence. Ce qui était arrivé devait s'assimiler, se digérer, et cela demandait un minimum de calme, de réflexion, d'introspection même, qu'elle ne pouvait atteindre qu'en étant seule.

L'attentat n'avait pas été revendiqué mais l'on savait qu'il s'agissait d'un attentat, d'un engin explosif dissimulé dans le fond de la salle. C'était relativement courant, les gens n'y prêtaient plus guère attention, il y avait des tas d'autres problèmes à régler. Il suffisait de tourner la tête d'un côté ou de l'autre pour en trouver.

Elle avait appris par Sylvia, qui elle-même le tenait d'Aude, la fameuse chandelle qu'elle devait à Greg. Elle ne s'en étonna pas beaucoup – en tout état de cause, elle se serait laissée pendre au-dessus d'un puits s'il empoignait sa main – mais elle ouvrit de grands yeux en feignant l'admiration que le geste de son oncle engendrait.

Je suis assez fière de lui, ajouta Sylvia. J'avais oublié. Il a des ressources que j'avais oubliées, que l'habitude avait enfouies quelque part.

Lucie se contenta de hocher vigoureusement la tête pour faire plaisir à sa mère.

Pour une fois, elle était d'accord avec Sylvia. Greg assurait. Pas seulement à propos de ce dernier épisode dont elle n'était pas la dernière à se féliciter, non, il assurait depuis un bon moment déjà, de diverses manières, en tout cas pour ce qui la concernait, avec moins d'éclat sans doute que ce sauvetage héroïque dont on parlerait longtemps dans les chaumières, mais sur la longueur, avec opiniâtreté, sans faire de forcing.

Et en même temps, lui-même changeait. En profondeur. Elle se demandait si Greg se rendait compte qu'il avait mis un pied hors de l'ombre où il se cantonnait. En tout cas, il n'était plus vraiment le même. L'accident dont Aude avait été victime marquait plus ou moins le moment où le glissement s'était opéré. Elles en avaient parlé toutes les deux et Aude l'avait bien entendu remarqué.

On pourra dire qu'il a mis le temps, déclara celle-ci. Mais c'est vrai. C'est peut-être Véra, ce serait pas impossible.

Tu crois. Ils ne sont pas encore ensemble.

Je sais bien, justement, ça devient lamentable leur histoire. J'attendais de voir ça mais j'ai l'impression qu'ils vont jamais y parvenir. Et le temps ne doit pas les inspirer.

Ils pourraient rester amis. C'est ce qu'il prétend.

Bien sûr que non. N'importe quoi. Pas eux. Pas Véra, en tout cas. Je sais pas à quoi ils jouent, en fait. Sinon c'est vrai, il se comporte plutôt bien en ce moment. Et tu ne le sais peut-être pas, mais il m'a sûrement sauvé la vie à moi aussi. Je me serais noyée dans une mare de boue s'il ne m'avait pas attrapée. Il était moins une.

Décidément, c'était pas notre jour. Ni celui de Véra d'ailleurs.

Il a été notre bonne étoile, ce soir-là, soupira Aude. Il a raflé la mise.

Tout à leur conciliabule, elles ne s'étaient pas aperçues de la présence de leur mère – qui n'avait volontairement rien fait pour se manifester et avait ainsi pu profiter des dernières paroles échangées entre ses deux filles.

J'ai parfois du mal avec Greg, c'est sûr, intervint-elle sans préambule, mais je le trouve mieux ces derniers temps, je suis de votre avis. Je ne dirais pas que rien ne le tracasse mais il paraît plus résolu, plus sûr de lui. Cette femme, cette Véra, elle semble avoir une bonne influence. Ou bien je me trompe.

Bonne ou mauvaise, on ne sait pas encore, répliqua Aude. On aura la surprise.

L'annonce du premier décès directement lié au Montrazol ne fut pas une surprise. Il y avait longtemps que l'on s'en doutait. Mais jusque-là, on n'avait rien pu prouver. Des types avaient pu continuer à tripoter ce poison sans gants, sans masques, sans aucune protection, l'esprit tranquille alors que ça les tuait. Mais on attendait d'avoir la preuve que le Montrazol était bien l'horrible saloperie que certains s'acharnaient en vain à dénoncer depuis des années. C'était chose faite, à présent. Il y avait un mort, il y avait du concret. On ne pouvait plus tergiverser.

En apprenant la nouvelle, Greg se sentit vaciller et fut obligé de s'asseoir.

Puis il appela le labo pour les avertir qu'il prenait sa journée et il demeura assis. S'il n'avait pas plu, il serait sorti pour prendre l'air, il serait allé courir dans les bois, ou ce qu'il en restait.

Il ne savait pas encore s'il allait appeler Anton. Ou Véra. Ou Sylvia et les filles. Ou faire le mort – d'une manière plus plaisante que ce gars que les ténèbres avaient emporté.

Aux infos de midi, ils le montrèrent dans une vidéo assez récente, entouré de sa famille, ébauchant un pâle sourire alors qu'à cinquante ans à peine on voyait bien qu'il était à bout de forces. Greg balaya l'image et avala sa salive avec difficulté.

Le soir commençait à tomber lorsqu'il se décida à bouger. Le monde ne s'était pas pétrifié, les gens continuaient à slalomer sur les trottoirs, les lumières des boutiques se reflétaient et rebondissaient sur la chaussée luisante, scintillaient sur les vitres fumées des engins volants tandis que des publicités animées, rutilantes, hautes de plusieurs étages, explosaient en multitudes bariolées – jusqu'à la prochaine coupure de courant.

La façade du labo avait été nettoyée. Elle paraissait flambant neuve – à un moment où le profil bas s'imposait.

Il trouva Anton derrière son bureau. Oui, je sais, je sais, soupira celui-ci à peine Greg eut-il mis un pied dans la pièce, je suis au courant, je sais, poursuivit-il une main plaquée sur le front, les yeux fermés, la tête renversée en arrière. Tu ne dis rien, bien sûr, finit-il par lâcher.

Trempé, Greg se laissa choir dans un fauteuil à roulettes pivotant.

J'ai dit ce que j'avais à dire à ce moment-là, mais pour finir j'ai capitulé. C'est ce que je retiens. C'est ce qui va m'empêcher de dormir pendant un moment. Parce qu'en vérité, je suis plus responsable que toi. J'étais sûr que ça allait mal se terminer mais j'ai tendu la main pour prendre mon chèque et je n'en suis pas fier. J'aurais dû t'empêcher de faire ça.

Hé, commençons pas, soupira Anton, on va pas se fâcher pour savoir s'il y en a un qui a merdé plus que l'autre.

Greg ne répondit rien. Il se passa lentement une main sur la figure, de la pointe du menton jusqu'à la racine des cheveux, comme s'il voulait ramasser d'un coup les dernières gouttes qui lui coulaient encore sur le visage.

Le truc va être bloqué à la vente, déclara Anton. Principe de précaution. La mort de ce pauvre gars n'aura pas servi à rien. Ne me regarde pas comme ça. Dis-toi qu'il a peut-être sauvé des milliers d'autres vies. Sa femme l'a dit. Ça n'enlève pas la douleur mais ça permet de la combattre, voilà ce qu'elle a dit. Je viens juste de l'écouter. Ils vont interdire ce truc.

Ce truc. Arrête de dire ce truc. Ça sert à rien. Appelle-le par son nom. Montrazol. Ça va nous rester collé comme la lettre écarlate. Autant s'y habituer.

Anton pianota sur son bureau, le regard tourné vers la nuit qui s'égouttait, traversée par des bourrasques qui cinglaient la baie puis hululaient en tourbillonnant.

Greg était si perturbé qu'il débarqua chez Véra sans prévenir – il avait le code de sa porte mais aurait escaladé la façade, sinon.

Elle poussa un cri lorsqu'elle le vit s'immobiliser dans l'encadrement de la porte. Elle était en petite tenue, plus précisément accoutrée d'un corset noir de grand-mère dont les jarretelles pendaient sur ses cuisses blanches. Il ne comprenait pas bien ce qu'elle était en train de fabriquer mais elle n'avait pas de culotte. Reprenant ses esprits, la mine contrariée, elle attrapa un peignoir qui gisait au pied d'un tabouret à vis et l'enfila à la volée.

Au même instant, il remarqua un type qui refermait sa braguette en arrière-plan.

Greg, je te présente Ralph, fit Véra en nouant sa ceinture.

Salut, Greg, lança Ralph. Alors c'est toi le nouveau, espèce de petit veinard.

L'esprit fumeux, Greg cligna des yeux, éprouva des sentiments divers. Il se demanda s'il n'allait pas faire demi-tour car il n'était pas là pour vivre ce genre de scène mais Véra s'empressa de couper la communication et Ralph disparut sur-le-champ avec son sourire mauvais.

Véra, je suis désolé, commença Greg.

Entre, fit-elle sur un ton agacé tandis qu'elle se baissait pour ramasser diverses fanfreluches abandonnées sur le sol, des soutiens-gorge transparents, des pantys couleur chair, des bas, des slips ouverts qu'elle s'empressa de fourrer dans un tiroir puis elle disparut dans la salle de bains.

Il se servit un verre d'eau. Mong sauta sur l'évier pour boire au robinet. Véra sortit en survêtement, les cheveux défaits.

Excuse-moi pour l'accueil, dit-elle. Ce n'est pas après toi que j'en ai.

Elle ramassa encore une poignée de kleenex usagés et les fourra négligemment dans sa poche.

Tu es au courant, demanda-t-il.

Il me semble, oui. Ce genre de nouvelle circule vite.

Greg ne s'était toujours pas décidé à lui avouer qu'ils s'étaient arrangés pour permettre au Montrazol de rester en vente libre malgré les sévères avertissements de nombreux scientifiques. Il ne se sentait pas encore prêt à le faire mais il accusait le coup et n'avait pas envie de parler du temps. Il souhaitait surtout trouver un peu de réconfort auprès de sa nouvelle « amie ».

Le labo a travaillé pour cette entreprise, déclara-t-il avec une grimace. On fait partie des maillons de la chaîne. Tu peux imaginer comme je me sens mal. Pardonne-moi, je ne voulais pas te déranger.

Tu ne me déranges pas, nous avions fini. Il vit en Nouvelle-Zélande. Ils sont en train de mourir de chaud, là-bas.

On est vraiment au point, maintenant, fit-il avec égard. L'illusion était parfaite. J'aurais juré qu'il était là.

Et ça ne t'a pas choqué.

Tu veux parler de sa réflexion de merde.

Non, je veux parler de ce que tu as vu. Est-ce que cette scène t'a choqué.

Non, pourquoi.

Alors c'est parfait. Je ne me voyais pas partir dans des explications. Ce n'est qu'un jeu sans importance, après tout.

Il croisa les bras et se tourna vers la terrasse. Ce qu'il y avait d'étonnant avec la pluie, c'était cette attraction qu'elle exerçait. Même quand on n'en pouvait plus, on ne parvenait pas à s'empêcher de la regarder tomber.

Ça me met en rage, marmonna Greg. Ça me met en rage de me sentir responsable, d'une manière ou d'une autre. Ça me serre le ventre.

Elle lui toucha le bras. On se bat depuis des années contre le Montrazol, répliqua-t-elle en prenant le chat dans ses bras. En vain. Il aura fallu un drame. Il y a de quoi être en colère, tu n'es pas le seul. Mais ils ont annoncé le retrait immédiat des produits de la marque encore présents dans les rayons. Jusqu'à nouvel ordre. Ils ont pris l'affaire au sérieux, cette fois. Regarder ailleurs n'est plus une option pour eux. On va être vigilants.

Il hocha longuement la tête en observant quelques petites loupes zigzaguant sur la baie, qui semblaient se faire la course.

Est-ce que tu aurais quelque chose à boire, demanda-t-il. Je crois que ça me ferait du bien. Te voyant, je me sens déjà un peu mieux. Et encore une fois, pardonne-moi d'avoir débarqué sans prévenir.

Greg, je t'ai donné mon code pour t'en servir. Je suis contente que tu l'aies fait. Ne pense plus à Ralph. Il est loin.

Oui, bien sûr. Mais je suis encore abasourdi par cette impression de vérité. Enfin toi, tu étais vraie mais l'autre abruti, je pense à cette qualité d'image. Bientôt, on ne va plus savoir où l'on est, ricana-t-il.

Elle trouva du vin et des verres. Malheureusement, soupira-t-elle, je ne prends plus de plaisir à faire ce que je fais avec lui. C'est terrible. Il me fait pitié. Je suis pressée qu'il finisse. Ça m'a amusée, les premières années. Ça ne m'amuse plus. Alors parfois je craque en souvenir de notre jeunesse. Il t'a lancé ça par dépit.

En tout cas, écoute, si je peux te faire un compliment, tu es sacrément bien roulée.

J'espère que ça ne va pas poser un problème.

Non, mais l'amitié n'imposait pas que tu sois moche. J'allais dire c'est comme ça, mais non, c'est pas comme ça. Enfin bref, je te laisse servir si ça ne t'ennuie pas, je vais m'asseoir car j'ai encore la mort de ce type en tête. J'y pense depuis ce matin.

Il trembla intérieurement à l'idée qu'elle découvre à quel point ils étaient impliqués Anton et lui, un filet de sueur froide lui coula dans le dos – il tâcherait de s'assurer qu'elle n'avait pas d'arme, genre couteau ou marteau, à portée de la main.

Il eut une pensée pour sa femme, Denise, qui descendit un jour vers la vallée le pied au plancher et qui ne se manifestait plus à lui depuis un bon moment. Comment aurait-elle réagi dans cette situation. Le détestait-elle au point de ne plus vouloir lui répondre.

Si tu savais le nombre de tueurs en circulation, fit Véra en lui tendant son verre. Tu coupes une tête et deux autres repoussent. C'est fatigant. Il faut vraiment le vouloir.

Ils sortirent sur la terrasse, s'installèrent à l'abri de la bâche qui grésillait comme un vieux poste de radio. Des gens me disent je comprends pas comment on a pu laisser faire ça, déclara Greg. Mais qu'est-ce qu'il y a à comprendre. De quoi ne sommes-nous pas capables. Certaines choses ne changeront jamais.

Ne dis pas ça devant Lucie, ce n'est pas très utile. Laisse-la se donner à fond si elle en a envie, ne la décourage pas.

Rien ne peut la décourager, sois tranquille. Personne n'a ce pouvoir sur elle. Je commence à mieux la connaître. Je regardais un truc sur la jeune femme, l'autre soir, elle devait avoir l'âge de Lucie à ce moment-là, elle avait ses nattes, j'étais à l'hôpital, attendant que Lucie se réveille et je me demandais pourquoi j'avais l'impression qu'elles se ressemblaient, je veux dire physiquement, et ça m'est venu tout d'un coup, c'est dans les yeux. L'éclat dans le regard. Elles ont ça toutes les deux.

Tu veux dire la flamme. Bien sûr. C'est tout à fait évident. C'est réconfortant à voir, déclara-t-elle tandis que le chat sautait sur ses cuisses et s'installait entre ses jambes. C'est quelque chose qu'on perd en vieillissant, qui diminue du moins, poursuivit-elle en lui caressant la tête.

Par moments, la bâche déversait son trop-plein et une cataracte bruissante dégringolait devant eux. Mong restait de marbre.

C'est la première fois que je vois un chat qui ne craint pas de se faire éclabousser, déclara Greg en remplissant leurs verres. Et même, je l'entends ronronner d'ici.

Sa réflexion ouvrit la porte sur la liste des qualités de l'animal que Véra entreprenait d'énumérer mais il ne l'écoutait plus car le chat pétrissait à présent le renflement pubien de sa maîtresse.

Il est affectueux, dis donc, finit par observer Greg alors qu'elle terminait son couplet sur l'intelligence de Mong, sa propreté, son indépendance, son agilité, sa beauté, et elle en passait, sans paraître s'émouvoir de ce qu'il était en train de fabriquer.

Parfois, je me réveille en pleine nuit, il est sur moi, dit-elle.

Heureusement que tu ne vis avec personne. Ça simplifie.

Oui, mais tu sais, je ne regrette rien. Je crois que je n'aurais plus le temps de vivre avec quelqu'un. Je crois que ça ne vaut pas la peine. Regarde. Nous sommes comme un frère et une sœur à présent. Ça me plaît beaucoup.

D'accord, mais est-ce que Mong pourrait s'arrêter de pédaler sur toi comme il est en train de le faire. Ça ne t'énerve pas.

Non, je suis habituée. On dirait que ça l'amuse.

Comme de jouer avec un bouchon, tu crois. Enfin il est pas obligé de faire ça devant moi, là, maintenant, il pourrait attendre que je sois parti.

Greg, est-ce que ça voudrait dire que je ne pourrais pas venir m'asseoir sur tes genoux sans que tu puisses te retenir. N'était-ce que des mots pour toi.

Et ni une ni deux, sur ces paroles, elle repoussa Mong, se leva, et vint s'asseoir sur ses genoux.

Bon, alors, et maintenant, il se passe quoi, demanda-t-elle.

Tu m'écrases.

Ce petit jeu dura un bon moment, la nuit s'était avancée et ils avaient fini par s'échauffer, s'agacer, au point que de fil en aiguille il était parvenu à lui glisser un doigt, mais ils reprirent leurs esprits en moins d'une minute et se séparèrent promptement d'un commun accord. Elle se reculotta et roula sur le côté. Il se leva.

Elle ne pouvait pas dire que l'idée venait de lui. Elle avait elle-même fixé les limites, elle ne pouvait pas pleurer maintenant. Elle se demanda si c'était ça, se tirer une balle dans le pied.

Je boirais bien une eau gazeuse, dit-elle.

Il descendit dans la rue et s'approcha du distributeur avec un peu de vague à l'âme. Il sentit ses doigts les yeux fermés avant de relever la tête pour la reconnaissance faciale.

Il remonta chez elle, pensif, puis il éprouva, à mesure qu'il progressait dans l'escalier, de nouveau ce poids qui lui tombait sur les épaules, la rage le reprenait, c'était comme de tourner en rond en courant, ça ne menait pas à grand-chose, il termina son ascension en se tenant à la rampe, le front baissé, les tempes brûlantes.

Véra avait profité de la courte absence de Greg pour se changer, consciente que le port d'un simple bas de survêtement ne présentait pas un rempart suffisant contre une étreinte en règle – quand il n'attisait pas l'imagination de l'autre, au contraire. Elle avait troqué le jersey contre une toile de coton un peu rêche qui était moins agréable, mais ils l'avaient échappé belle.

Enfin plus ou moins. Elle, en tout cas. Elle s'était approchée du vide et elle en tremblait encore. C'était passé si près. Elle avait joué avec le feu. Elle sentait l'attachement qui naissait et dont elle ne voulait pas entendre parler. Elle entendait son pas dans l'escalier. Elle remonta ses cheveux en chignon au moyen d'une pince en vrai bois qui avait appartenu à son arrière-grand-mère.

Elle transpirait légèrement malgré la baie ouverte et un voile de fraîcheur humide inondait la pièce et se déposait sur elle tandis que Mong s'étirait sur le tapis sans la quitter des yeux. Elle savait ce qu'il pensait. Qu'elle n'était qu'une misérable idiote. Qu'il était inimaginable qu'elle tombe une nouvelle fois dans le panneau. Elle ne savait pas si elle devait éclater de rire ou pousser un cri d'effroi tellement elle se sentait bête.

Je me fiche royalement de ce que tu penses, fit-elle à l'adresse de Mong. Tu ne sais pas qui je suis.

Elle sentit que Greg était arrivé, qu'il hésitait derrière la porte. Peut-être ruminait-il la même chose de son côté. Elle n'en était pas du tout sûre. Certes, elle avait bien compris qu'elle l'attirait physiquement, mais elle n'avait rien ressenti d'autre de sa part, n'avait détecté aucun indice que s'éveillait en lui un sentiment particulier à son égard.

Elle devait rester prudente. Elle se sentait fragilisée mais en même temps plus forte, plus aiguisée, plus curieuse.

Quand il poussa enfin la porte, elle éprouva un léger frisson. L'ineffable goût du danger. Elle empêcha Mong de sauter sur ses genoux.

Certains se procuraient le Montrazol en bidons de vingt litres pour vaporiser leurs champs mais il existait une version plus petite à l'intention des jardiniers du dimanche, que l'on trouvait dans les rayons des grandes surfaces. Là où l'on n'était plus censé les trouver justement, depuis que l'annonce avait été faite. Que tout commerce de ce produit était désormais interdit et que celui-ci devait être immédiatement retiré du circuit. C'était clair. Alors qu'est-ce que ça foutait là, sous ses yeux, des étagères pleines de Montrazol en promotion, ses bidons alignés, ses couleurs d'un vert infâme avec son bouchon rouge coquelicot. Il se raidit. Comme s'il se retrouvait nez à nez avec un spectre.

Il jeta un rapide coup d'œil autour de lui mais les gens marchaient tranquillement, ne remarquaient rien, c'était sidérant. Tout à coup, la moutarde lui monta au nez. Il abandonna son caddie et attrapa le premier bidon de Montrazol qui lui tombait sous la main, le balança violemment dans l'allée, et toute la rangée suivit, il flanqua tout le rayon par terre avant que les vigiles n'interviennent et ne lui mettent un coup de matraque électrique pour le calmer.

On ne discutait pas avec les nouveaux outils de la police.

Il se laissa embarquer mais le lendemain il remit ça dans une grande jardinerie, il flanqua tout en l'air et quelques coups de poing furent échangés. Il paya l'amende. Tout le monde se demanda ce qui lui prenait. Il passa aux infos régionales, héros du jour au milieu d'un enchevêtrement de bidons vert guacamole, de panneaux promotionnels et de banderoles aux couleurs de la marque.

Au moins, il s'arrêta plus ou moins de pleuvoir. La température, cependant, baissa rapidement. Et il y avait cette rage qui ne le quittait plus, qui fluctuait. Véra avait proposé de lui présenter certaines personnes qui pourraient l'orienter s'il souhaitait participer à des actions plus précises, plus délicates, mais il avait refusé. Il ne menait pas de combat particulier. Interdit à la vente voulait dire interdit à la vente.

Au labo, parmi ceux qui étaient au courant, les avis étaient partagés mais se rejoignaient au bout du compte pour remercier Anton d'avoir préservé leur boulot en des temps aussi incertains. Ils n'allaient pas jusqu'à porter un pin's Montrazol au revers de leur manteau, mais personne ne le leur avait demandé non plus.

Ce truc ressortira dans quelques mois sous un autre nom, ricana Anton. Comme si tu ne le savais pas. Comme si tu ne savais pas qu'un autre labo va nous arracher le gâteau des mains. Et comme si tu ne savais pas que le monde est comme il est, que les hommes sont comme ils sont et les femmes pareil. Mais tu joues à quoi, au juste. C'est quoi cette publicité que tu nous fais. Je ne comprends pas.

Greg était en train de sortir des tubes d'une centrifugeuse, lesquels semblaient contenir une mousse verte qui ne disait rien qui vaille.

C'est dur à expliquer, grimaça-t-il. C'est comme si je ne supportais plus certaines choses. Physiquement. Oui. Par exemple, un jour, j'ai découvert que j'étais devenu allergique à l'amoxicilline, ça a failli me tuer, d'ailleurs. Je veux dire que ce n'est pas réfléchi. Je crois que ça m'est arrivé subitement. En tout cas, je ne veux plus voir ces bidons, je veux plus les voir, c'est tout, je fais une allergie.

Anton, dans un mouvement d'humeur, fit quelques pas dans le labo, les mains dans le dos. Il s'arrêta devant une fenêtre.

Véra t'a complètement farci la tête, déclara-t-il sur un ton calme.

Je le croyais aussi, mais non, c'est quelque chose qui vient de loin, de plus profond, que je ne comprends pas bien moi-même. Je viens de te l'expliquer.

Tu vas bientôt faire quoi, poursuivit Anton sans le regarder, tu vas venir foutre une bombe dans mon bureau ou m'arroser d'essence. Tu comptes avoir des milliers de likes chez les hommes des bois pour tes faits d'armes.

Non, j'ai rien à voir avec ça. Je n'ai pas voulu rencontrer les amis de Véra parce que je n'ai rien à leur dire. En ce qui me concerne, c'est une affaire personnelle. Je ne me bats pas, je ne fais que résister, ce n'est pas la même chose. Je me dis que ça nous rachète un peu qu'il soit interdit et chaque fois que je verrai un bidon de Montrazol je le ferai valser, je te le garantis. J'aurais aimé pouvoir prendre un couteau pour les éventrer, mais bon. Autant éviter les éclaboussures.

Si Denise était là, elle t'aurait mis du plomb dans la tête.

Oui, mais comment savoir.

Ils échangèrent un regard noir. Dehors, la pluie avait bel et bien cessé, mais personne n'allait s'en plaindre.

Sans un mot de plus, Anton tourna les talons. Excédé, il éteignit son bureau avant de sortir, puis se ravisa et resta dans l'obscurité, à souffler comme un taureau banderillé. Il regrettait ce qu'il avait dit mais Greg était buté comme un âne. Ça ne datait pas d'aujourd'hui. Sylvia le comparait à un avocat, avec son enveloppe rugueuse, sa pulpe tendre, et au cœur un noyau dur comme du bois sur lequel on pouvait se casser les dents. Aucune image n'était plus juste. Il pouvait céder sur une chose ou une autre, mais quand c'était bloqué, c'était bloqué. L'affection qu'Anton lui portait demeurait assez incompréhensible et le petit fils de pute en profitait.

Il se demanda si un verre d'alcool pourrait l'aider à retrouver son calme avant de rentrer chez lui, ou encore contacter cette fille, la silencieuse, qui avait plusieurs fois adouci son humeur, l'histoire pouvant se conclure à la hâte ce qui lui permettait d'arriver à temps pour le repas du soir.

Ne me dis rien, fit-il en passant la porte, ne me demande pas ce que j'ai. Déshabille-toi. Excuse-moi d'être aussi grossier mais je ne veux rien d'autre, dans l'état de nervosité où je suis. Oui, s'il te plaît, garde tes bas. Tu peux venir sur moi si tu veux, ça changera. Mais surtout, ne me laisse pas m'endormir, après. Mets-moi dehors, même si je te supplie de me garder encore quelques minutes. J'aime bien ta nouvelle couleur. C'est une réussite, je trouve. Allez, on ne parle plus. Viens, fit-il en lui tendant la main.

Sylvia et ses filles avaient commencé à dîner lorsqu'il les rejoignit, détendu, presque radieux, sûr de lui – il s'était donné le temps de prendre une vraie douche, quitte à se retarder, il s'était savonné à fond, avait inspecté son corps pour y déceler d'éventuelles marques qui ne manqueraient pas de le trahir, s'était rincé la bouche, recoiffé, il était nickel.

Les filles, désolé pour le retard, déclara-t-il en se mettant à table. Il ne fallait pas m'attendre, j'étais avec Greg. On avait quelques points à éclaircir. On a parlé de sa nouvelle manie. Je lui ai dit qu'il allait finir par se faire enfermer.

Oui, c'est préoccupant, fit Sylvia, il ne va pas s'arrêter comme ça, tu le connais. Mais aussi, on ne peut pas lui donner totalement tort. Je pense même qu'il a raison. Cette chose aurait dû être retirée de la circulation depuis des jours et on en voit encore. Je trouve que c'est inacceptable, moi aussi.

Le problème n'est pas de savoir s'il a raison ou pas, rétorqua Anton. Il faut qu'il en finisse avec ça. En tout cas, si l'une d'entre vous se sent capable de le faire changer d'avis, qu'elle n'hésite pas. Parce que ça peut mal se terminer ce genre d'histoire, j'en ai le pressentiment.

Tout, tout peut mal se terminer, ricana Aude en jouant dans son assiette avec la pointe de son couteau.

Il se contenta de la regarder sans rien répondre, mais en conservant un air jovial. Souvent, une prise de bec pouvait commencer ainsi avec elle, pour trois fois rien, après quoi le feu se répandait comme sur une nappe de pétrole, mais là, dans l'immédiat, il sortait à peine des bras de sa mutique partenaire, il se sentait en paix avec tout le monde.

Ce que tu dis est vrai, bien sûr, lui répondit-il. Mais est-ce que ça signifie que nous ne pouvons, ni ne devons rien faire. Et d'abord, est-ce que vous ne pensez pas que Véra peut avoir une mauvaise influence sur lui, je ne sais pas, je pose la question, parce que moi je n'ai pas la réponse, je ne peux pas vous aider. Mais si ce n'est pas elle, je ne vois pas qui d'autre.

Sylvia se resservit un verre de vin blanc. Moi, une autre question me taraude, dit-elle, mais elle n'est pas destinée à toutes les oreilles.

A priori, ils baisent pas, fit Aude avec un haussement d'épaules.

Lucie leva les yeux au ciel. Je ne vois pas ce que ça vient faire ici, déclara-t-elle.

Eh bien si, quand même, reprit sa mère. C'est une donnée importante. Je le trouve différent, plus impliqué, moins enclin à se laisser porter par les événements comme il le faisait. Ce n'est pas négligeable. Certaines fois, je croyais avoir affaire à un zombie. Bon, mais il y avait de quoi, nous n'allons pas y revenir. J'en ai la chair de poule rien que d'y penser.

Sylvia, soupira Anton, il est naturel que tu le défendes, c'est ton frère. Mais tu dois ouvrir les yeux. Ou bien il va falloir qu'on m'explique à quoi riment ces gesticulations. Il serait pas un peu malade, des fois. Est-ce qu'il va continuer de se donner en spectacle.

Je n'appellerais pas ça des gesticulations, releva Sylvia. Tu pourrais choisir un autre mot pour qualifier un mouvement de colère tout à fait compréhensible.

Ainsi, tu l'encourages à poursuivre sa chevauchée infernale, à dévaster tous les rayons de la ville, à virer tous les produits qui lui plaisent pas. Bravo.

Voilà que je l'encourage, maintenant. C'est renversant comme tu peux transformer les choses. Non mais c'est stupéfiant.

C'est super énervant, renchérit Aude. Et ce que tu ne dis pas mais qui n'échappe à personne, ce que tu lui reproches, au fond, c'est de cracher dans la soupe.

Dieu, comme cette femme lui avait fait du bien, songea-t-il alors en évoquant son amazone silencieuse – qu'il avait singulièrement serrée contre lui au moment de la petite mort. Comment aurait-il pu garder tout son calme, sinon, ébaucher le moindre sourire. Aude devenait exécrable avec lui mais il l'ignorait le plus souvent. Ce n'était pas très difficile. Elle ne l'attirait plus du tout. Il était bien connu qu'aux alentours de la quarantaine, les hommes mariés devenaient fous, prenaient des risques inconsidérés, s'exposaient à une volée de flèches, mordaient la poussière, brisaient des vies, et ça n'avait pas traîné pour lui, il aurait pu tuer père et mère pour se faire cette gamine de vingt ans. Or il ne subsistait pas la moindre trace de cette folie. Dieu merci. Il se considérait à présent comme un miraculé, un homme débarrassé du démon, un homme épargné par la foudre. Aude lui en voulait sans doute, eh bien soit, elle pouvait lui en vouloir autant que ça lui chantait. Personne n'avait forcé personne. Des gens tombaient dans des crevasses tous les jours. Pas besoin de les pousser.

Il dévisagea Aude – avec un faux air incrédule – qui venait d'exposer le fond de sa pensée. Je suis bien obligé de te répondre oui, déclara-t-il. Ces gens nous nourrissent. Ils n'apprécient pas qu'on leur morde la main. Ce qui n'est pas bon pour le labo n'est pas bon pour nous. Je ne pensais pas avoir besoin de l'expliquer parce que ça tombe sous le sens. Mais ne réduis pas ma contrariété à ce seul aspect du problème. Tu aurais tort. Ce serait assez blessant, tu vois.

Il se pencha pour attraper quelques raisins secs tandis que Sylvia se resservait un verre. Bon, ne dramatise pas, soupira-t-elle. Nous ne sommes pas en train de te dire que le sort de Greg t'importe peu dans cette histoire. Je sais que ce n'est pas le cas, alors arrête. Mais je suis d'accord avec toi, il vaut mieux prévenir que guérir. Il file un mauvais coton.

Que Sylvia prenne sa défense était un phénomène suffisamment rare pour qu'Anton, sur le coup estomaqué, reste un instant interdit et figé dans son élan avec sa maigre poignée de raisins secs à la main avant de se rasseoir. Dehors, l'interminable crépitement de la pluie avait cessé et son absence, après toutes ces journées et toutes ces nuits où il avait rongé les nerfs de chacun, faisait à présent planer dans l'air une certaine inquiétude, une inexplicable angoisse dont on ne prenait pas vraiment conscience.

Et vous savez dans quel monde on vit, finit-il par ajouter. Des gens se font poignarder en pleine rue pour un regard de travers. Imaginez un employé qui fait un peu de zèle, il y en a, et ce sera trop tard.

Ah, ne parle pas de malheur, gémit Sylvia.

Oui, ce serait bien, ironisa Aude en le transperçant du regard.

Anton fit comme s'il n'avait rien entendu et se tourna vers Lucie. J'aimerais avoir ton avis, lui dit-il, tu n'es pas la plus mal placée pour en donner un.

Je trouve que ce qu'il fait est bien, répondit-elle avec assurance.

Oui, mais ce n'est pas ce que je te demande. J'aimerais savoir comment tu vois la suite. Est-ce que tu penses qu'on doit s'en inquiéter et si oui, je ne sais pas, as-tu quelques idées.

J'essaie de ne pas voir tout en noir. Et puis je crois qu'il est assez grand.

Je ne dirais pas ça. Je ne dirais pas qu'il est assez grand quand je le vois piquer une crise devant une rangée de bidons, faut quand même pas pousser.

Dehors, un vent froid s'était mis à souffler, hululait dans l'obscurité.

Personnellement, j'ai peut-être tort, reprit Anton, mais je sens l'influence de Véra. Il n'était pas comme ça, avant.

Non, pas Véra, fit Lucie en secouant la tête. C'est surtout parce qu'une personne est morte. J'ai cru qu'il allait tomber à la renverse quand on a appris ça.

Ah mais oui, enchaîna Anton, je le vois très bien, la main sur la bouche, les yeux agrandis d'effroi.

On peut savoir quelle mouche te pique, demanda Aude. Qu'est-ce qu'il t'a fait. Je croyais que vous étiez les meilleurs amis du monde.

On peut être les meilleurs amis du monde et ne pas être d'accord. On n'y peut rien. C'est d'autant plus douloureux. Mais bref. On arrête de tergiverser et on répond à la question. Est-ce qu'on s'en mêle ou pas.

Pendant ce temps, à environ deux kilomètres de là, Greg et Véra commençaient à frissonner sur la terrasse de celle-ci depuis que le soir était tombé – d'autant que le vent tournait un peu dans tous les sens.

C'est le battage qu'ils font autour de ça qui m'ennuie, fit Greg en remontant le col de sa veste. Je suis vraiment pas fait pour ça. Sans compter qu'ils se trompent. Je ne suis pas du tout l'homme de la situation. Je ne vais pas donner d'interviews ni signer d'autographes. Je n'ai pas de message à faire passer.

Elle sourit et suivit du regard un biplace à hydrogène qui filait en silence au-dessus des bois décharnés de l'autre rive. Elle avait détaché ses cheveux. Il ne pleuvait plus mais on entendait encore le gargouillis des égouts inondés. Le pays n'était pas près de sécher. Les chiffres des inondations donnaient le tournis, par endroits les gens grimpaient sur le toit de leur maison, divers engins restaient coincés entre les branches des arbres et certains dégringolaient avec les décrues comme des fruits trop mûrs, cabossés, s'écrasant sur le sol flasque dans de bruyantes gerbes de boue. On se surprenait chaque fois à regretter la saison précédente – qu'on avait honnie –, mais il y avait de quoi. Un tel cloaque, à présent.

Qu'est-ce qui te fait sourire.

Toi, répondit-elle. Cet air sérieux que tu prends, alors que le problème est résolu.

Quel problème. De quoi tu parles.

Je veux dire, ne mélangeons pas les choses. Ne te sens pas gêné vis-à-vis de moi. Je ne t'ai rien demandé.

Il se leva pour prendre un appel d'Anton et s'éloigna vers le bord de la terrasse tandis que Véra retournait à l'intérieur.

Ils ont obtenu un moratoire, annonça Anton. Je viens de l'apprendre. Greg demeura silencieux quelques secondes.

Tu ne dis rien, s'impatienta Anton.

Ils sont forts.

Oui, bien sûr qu'ils sont forts, très forts. Ça ne t'avait pas échappé, j'espère. En tout cas, le truc est de nouveau en vente libre. Pour deux ans. Ils devront juste renforcer les précautions d'emploi. Donc, est-ce que tu me suis.

Greg hocha la tête.

Parfait, déclara Anton. Tu t'es bien amusé, mais il y a un temps pour tout. Tu nous as fait peur, mon vieux. Je suis avec les filles, là, on s'interrogeait à ton sujet. Ça ne pouvait que mal finir ces histoires, ne regrette rien.

Lorsqu'elle apprit que le Montrazol avait obtenu un moratoire, Véra blêmit et annonça qu'elle boirait bien quelque chose de fort. Il s'agissait d'une terrible nouvelle, sans doute, d'une bataille encore perdue, mais ça n'étonnait plus personne, la majorité des gens ne réagissait même plus.

Écoute, non, il vaut mieux que tu partes, je préfère rester seule, fit-elle en secouant la tête, le front baissé.

Greg se demanda si elle repoussait ainsi ce qu'il représentait tout à coup, ce maudit labo qui avait frayé avec le Montrazol. Lequel venait de tuer un homme et en tuerait bientôt des milliers, parti comme c'était. En tout cas, il la comprenait. Il n'avait pas l'intention d'insister. Il remit sa veste et comptait disparaître quand elle se ravisa.

Non, reste là, soupira-t-elle. Je suis folle. Écoute, il y a quelque chose dont j'ai vraiment envie, là, maintenant. J'ai honte. J'en ai le rouge aux joues. Je redoute l'opinion que tu vas avoir de moi mais je ne peux pas me retenir. En fait, nous sommes tous des monstres.

La route était sèche. Un vent glacé avait nettoyé le ciel et la voie était libre, la circulation presque inexistante. Il y avait heureusement d'autres moyens de locomotion et les routes n'accueillaient plus grand monde en dehors de quelques cinglés qui conduisaient sur des roues avec des moteurs à essence. Véra fermait les yeux, aux anges, son carreau grand ouvert malgré l'air froid qui semblait la ravir. Elle se remplissait les poumons tandis que Greg roulait comme un dératé, plissait les paupières en souriant quand le trajet devenait sinueux et elle n'avait pas peur, il conduisait beaucoup trop vite mais elle se sentait en sécurité. À son tour, c'était à elle de le comprendre. Les décélérations, les reprises, les ronflements du moteur, sa puissance, les merveilles de technologie pour l'époque, tout cela heurtait sa morale, bien sûr, mais elle ne prétendait pas à la sainteté.

Elle ne regrettait pas ce méchant accroc à la doxa environnementale. Une balade à vélo aurait bien moins pollué, sans aucun doute, mais la vitesse donnait le sentiment que rien ne pouvait vous rattraper, le danger provoquait une sorte d'ivresse, le sang pulsait, le corps entier fourmillait, etc., et toutes ces choses avaient un prix – rien n'était gratuit dans la boutique du Diable, elle le savait.

Au passage d'un col, il se gara sur le bas-côté après une série de lacets sur les chapeaux de roues. Véra sortit promptement pour vomir. Elle lui fit signe de ne pas approcher tandis qu'elle rendait l'âme au-dessus d'un fossé dont les talus commençaient à givrer.

Dommage, car en dehors de ça, il n'avait pas éprouvé le besoin de la surveiller du coin de l'œil pour vérifier que sa première virée en Porsche la subjuguait. Elle était restée radieuse jusqu'à ce qu'ils attaquent les derniers virages. De nombreuses drogues déclenchaient des effets comparables lors de la première prise et, dans le cas de Véra, qui revenait vers lui avec le sourire aux lèvres, il était clair que le bref désagrément qu'elle venait de subir avait glissé sur elle comme une plume au printemps.

Il lui donna l'eau de son thermos pour qu'elle se rince la bouche. Elle était encore pâle mais l'air vif la requinquait et elle était superbe, quoi qu'elle en dise. On apercevait des lumières dans la vallée, d'énormes fumées blanches que le vent chassait avec peine.

Elle posa les yeux sur le thermos et s'amusa d'y trouver le prénom de Greg calligraphié avec soin dans un cadre orné de feuilles de laurier entrelacées.

Nous avions chacun le nôtre, déclara-t-il avec une petite grimace. C'était une espèce de jeu, enfin je ne sais plus. On aimait bien se promener en forêt avec nos thermos personnalisés.

Elle hocha la tête, elle s'en voulait de l'avoir amené sur ce terrain. C'était comme de passer un doigt délicat sur une blessure fraîche. Elle connaissait l'histoire mais elle ne savait pas très bien comment il le vivait, à quel point ça lui faisait encore mal. Il n'en parlait jamais, tout restait sous la surface et elle sentait bien que ce n'était pas le sujet qu'il fallait aborder avec lui. Pas dans l'immédiat, en tout cas. Elle reporta son attention sur la vallée, fixa un instant les lumières et les panaches de fumée dans le lointain.

C'est jour et nuit, déclara-t-elle. Ça ne s'arrête jamais.

Oui. Ils m'ont flanqué dehors l'autre jour, lorsque je suis allé leur demander des explications sur la mort de ce pauvre type. Ils ont appelé la sécurité en moins d'une minute.

Mais tu t'y prends mal, dit-elle. Tu es tout seul. Ils finiront par te mettre la main dessus, bien entendu, et ils continueront tranquillement leur commerce. Greg, c'est tout ce que tu vas y gagner. Tu auras fait tout ça pour rien. C'est une pieuvre.

Elle tourna les yeux sur lui en attendant une réaction de sa part mais il n'était plus vraiment là, restait le nez au vent.

À présent que le Montrazol était de nouveau en vente libre et pouvait poursuivre sa route sans se préoccuper des dommages collatéraux, Greg sentait bien qu'il allait devoir se contrôler davantage et mettre un frein à ses emportements s'il ne voulait pas en payer le prix fort. Un minimum de prudence, de préparation s'imposait. Et, de ce point de vue, Véra n'avait pas tort. Parfois, elle lui touchait le bras et le regardait comme si elle cherchait à percer un mystère et il la rassurait, il lui disait qu'il s'était tenu à carreau et c'était vrai, il n'avait pas balancé le moindre coup de pied dans un bidon de Montrazol pour la bonne raison qu'il les évitait, faisait demi-tour dès qu'il les apercevait de loin, la rage au cœur et la tête basse, mais il sentait que le danger rôdait, il se demandait même s'il n'était pas surveillé, si des employés ne le suivaient pas à la trace à travers les rayons.

Elle l'avait entraîné à l'enterrement de cet homme et il y avait beaucoup de monde, le cimetière était plein, débordait sur le trottoir. Elle lui avait donné le bras tandis qu'ils avaient pris la file pour saluer la dépouille de la première victime avérée du Montrazol, le temps était maussade et, de l'autre côté de l'enceinte, un groupe clamait sa colère en silence, brandissant à l'encontre de la firme une large banderole incendiaire qui claquait dans les bourrasques.

Elle aimait lui tenir le bras. C'était nouveau. Depuis qu'ils étaient devenus des amis, beaucoup de choses paraissaient plus simples. Par exemple, elle pouvait se tenir à son bras sans que le monde s'écroule et lui ne remarquait rien. Il lui faisait peur un peu, aussi. Quand elle pensait au sexe, elle se sentait sur le point de défaillir. Cette chose-là restait très compliquée. Il y avait cette humidité oppressante, cette moiteur froide dans l'air, qui déréglait à peu près tout.

Lorsqu'il passait la nuit chez elle – ça l'amusait, elle aimait bien –, elle se réservait la chambre, fermait la porte et ses épaules retombaient.

Elle restait un moment les yeux grands ouverts dans l'obscurité, couchée dans son lit, à se demander comment elle réagirait si la porte s'ouvrait, s'il s'avançait vers elle, s'il l'embrassait à pleine bouche en lui touchant les seins. Le repousserait-elle avec force au nom de leur sacro-sainte amitié ou lui ouvrirait-elle les bras en refermant ses jambes autour de ses hanches. Elle s'endormait au bout d'un moment sans avoir pu trancher.

De son côté, Greg avait inspecté les environs. Il savait qu'en agissant ainsi il passait dans autre chose. Il ne pouvait plus laisser le hasard décider. Après quelques recherches, il jeta son dévolu sur une énorme jardinerie située dans la zone industrielle et, sans aller jusqu'à dresser un plan des lieux, il repéra les caméras et les sorties de secours, puis il fit l'achat d'un large couteau de chasse sur les conseils du vendeur qui lui jura que la lame était du même alliage que la fusée qui venait d'atterrir sur Mars.

Il profita d'une activité un peu réduite au labo – qui mettait Anton à cran – pour s'équiper en attendant le moment opportun. Se protéger contre des éclaboussures, pour commencer. Un bidon avait failli lui éclater en pleine figure cependant qu'il le défonçait à la hache, un outil solide qu'il avait emprunté en passant, sur le stand mitoyen, mais trop lourd, trop puissant, plutôt conçu pour des types qui fendaient encore des bûches comme au bon vieux temps. Le produit avait giclé et lui avait brûlé les mains. Il ne s'en était pas rendu compte immédiatement, mais le soir venu il avait dû mettre de la crème. Sur ses bras aussi car le

Montrazol avait traversé sa chemise. Cette fois-là, il avait failli arrêter, puis la colère était revenue quelques jours plus tard, froide, résolue, décuplée, aveuglante.

Il voyait bien que ça tournait à l'idée fixe, mais il ne pouvait rien y faire, il ne s'écoutait pas. Se voyait-il en train de commander un ciré à capuche et des bottes, hésiter sur la couleur, et des gants de ménage, des lunettes de protection, un masque, se voyait-il rôder dans les parages comme un attardé mental, voyait-il à quel point il refusait de regarder les choses en face, non, il ne se voyait pas, ce n'était pas lui, pas ce clown, ha ha.

Véra se rendait bien compte que Greg n'en ferait qu'à sa tête. Elle en parla avec Ralph qui était couché avec une autre femme et qui grogna non mais tu as vu l'heure. Ils étaient nus à cause de la chaleur et des feux qui ravageaient des forêts entières à travers le pays – l'horizon rougeoyait à la fenêtre de leur chambre. C'est encore loin, déclara-t-il, mais on ne respire plus dès qu'on met un pied dehors. Une vraie fournaise. Bon, ne t'inquiète pas, elle est majeure. Elle m'a rempli une décharge. Et toi, où en es-tu avec le nouveau, est-ce que ça colle.

Elle lui adressa une grimace perplexe avant de lui expliquer pourquoi c'était compliqué. Elle regrettait de ne pas avoir baisé immédiatement avec Greg, l'affaire aurait été réglée et n'aurait pas pris autant d'importance.

Tu commences à me faire peur, ricana Ralph. Il faut toujours se méfier d'un veuf. C'est comme une maison hantée.

Et puis je pense qu'il ne me conviendrait pas du tout, reprit-elle. Tu sais. Je réfléchis. Je ne m'imagine pas recommencer. Mon expérience avec toi m'a suffi. Je ne saurais plus comment gérer ça, il me semble. Ne serait-ce que trouver le temps.

Ma réponse à ton problème est pourquoi t'emmerder quand tu pourrais avoir toutes les aventures que tu veux. Tu imagines ce type débarquant ici avec ses valises. Tu penses à nous deux une minute.

Écoute, Ralph, je ne sais pas où tu t'es mis dans la tête que nous ferions ça jusqu'à la fin de nos jours.

Il y a des lois non écrites.

Elle lui retourna un demi-sourire avant de couper la connexion. Mong en profita pour se manifester en miaulant contre ses jambes. Elle le prit dans ses bras. C'était ce qu'il voulait. De l'attention, de la chaleur, des caresses. C'était ce que tous les hommes attendaient. Pas grand-chose d'autre. Ne pas oublier les croquettes.

Elle soupira et l'abandonna froidement pour se concentrer sur un rapport du GIEC concernant la montée des eaux et le déplacement des populations côtières qui s'intensifiaient avec une régularité désespérante. Mais les chiffres dansèrent bientôt devant ses yeux et elle s'écarta de l'écran avec humeur.

Le soir commençait à tomber, accompagné d'un léger grésil qui recouvrait patiemment la terrasse.

Elle n'avait pas retenu une seule ligne de ce qu'elle pensait avoir lu. Rien. Elle se sentait vide, exaspérée.

Est-ce que sa foi s'érodait. Non. Enfin si. Sa foi s'était endurcie mais avait en retour perdu quelque chose. Son éclat, pensait-elle. Son engagement restait solide mais, comme elle regardait le tapis glacé qui s'épaississait sur la terrasse, elle reconnut qu'il n'était plus aussi brûlant qu'alors, ne suscitait plus autant d'euphorie. La jeune fille aux nattes avait à présent la trentaine et ceci expliquait en partie cela. Sans parler de Greg qui occupait une part de son esprit et la rendait songeuse, parfois nerveuse.

En lui conseillant de se contenter d'aventures, Ralph révélait une fois de plus qu'il n'avait rien compris à rien. Elle avait eu raison de le quitter, et c'était dommage car il cuisinait plutôt bien et, du même coup, il lui avait rendu son tablier.

Elle avala une soupe chaude, en silence, puis son regard s'arrêta sur la porte de sa chambre entrouverte, sur son lit encore défait, sur le désordre des draps, la langueur qui s'en dégageait. Et maintenant le froid qui s'annonçait, qui dégringolait de plus en plus vite, qui n'allait rien arranger. Elle se leva pour attraper un verre, puis elle posa les yeux sur la bouteille de whisky et son sang se figea, elle en eut le souffle coupé.

La bouteille était vide. Greg n'en avait pas laissé une seule goutte. Elle laissa échapper un gémissement aigre.

Elle se rhabilla, pleine de rancœur envers lui, chaussa ses bottines fourrées – elle avait facilement froid aux pieds, dormait souvent en chaussettes et l'une des choses qu'elle appréciait avec Greg, c'était de pouvoir poser ses pieds nus contre lui quand ils regardaient un film ou quelque chose, elle sentait la chaleur du corps de Greg qui remontait par la plante de ses pieds et il ne bougeait pas, il ne disait rien, il ne cherchait pas à profiter de la situation, rien n'était plus reposant, c'était durant ces moments-là qu'elle se sentait prête à basculer, pas quand il finissait la bouteille sans prévenir, laissant ceux qui arrivaient après lui à leur douleur, à leur dépit –, puis elle descendit dans la rue et se dirigea vers le magasin le plus proche, les mâchoires serrées, vouée au froid de canard qui lui piquait les joues, aux pensées amères qui vibrionnaient autour d'elle.

Il ne faut pas abuser de l'amitié, voilà où ça mène, songeait-elle.

Elle acheta son whisky et rentra d'un pas autrement sûr malgré les trottoirs verglacés. Il flottait une drôle de lune jaune au-dessus du lac, avec des reflets violet clair dans les nuages qui filaient bon train, se déplaçaient en bandes, parfois se chevauchaient, se cabraient.

Elle se servit un verre et passa une bonne heure en conférence avec des responsables du mouvement afin de faire le point et soutenir les différentes actions, rassemblements, prises de parole, levées de fonds, etc., un peu partout dans le monde, et tout ça était très intéressant, déprimant, captivant, mais elle devait accomplir un véritable effort pour chasser Greg de ses pensées, elle en était rouge de honte.

Elle prit conscience qu'elle n'avait pas eu de rapports sexuels véritables depuis au moins deux ans en regardant le jeune Mexicain qui lui faisait face et lui avait glissé un clin d'œil – ils avaient baisé une fois ensemble à un congrès et ça ne s'était pas trop mal passé, il était mignon. C'était la forêt son obsession. Sauver les forêts. Il lui avait tiré de vraies larmes durant sa conférence, de sorte qu'elle ne lui avait pas résisté bien longtemps une fois entrée dans sa chambre, puis ils s'étaient perdus de vue.

Cela s'était produit il y a deux ans. Deux années sans rapport sexuel. Elle avait beau avoir quarante-trois ans, c'était quand même long.

Elle discuta un instant avec le Mexicain – qui était toujours aussi mignon – à la fin de la réunion et au moment où elle allait couper le contact, au moment où elle lui disait à la prochaine, elle l'entendit répondre pourquoi pas maintenant.

Elle se rassit. Juan, excuse-moi, dit-elle, je crois que je n'ai pas très bien compris.

Quand il lui expliqua qu'il n'était pas au Mexique mais beaucoup plus près, de l'autre côté du lac, dans un studio d'enregistrement, elle ne l'écouta plus très attentivement et se contenta de l'observer avec un léger sourire aux lèvres, comme devant la vitrine d'un pâtissier.

Elle lui conseilla de prendre le vieux bateau à aubes mais il préféra opter pour un transport plus rapide qu'il commanda aussitôt.

Il n'était pas très tard. Elle n'avait pas de souvenir bien précis de leurs ébats passés – un peu alcoolisés ce soir-là –, mais elle en gardait une assez bonne impression. Avant qu'il n'arrive et tout en remettant quelques coussins en place, elle mouillait déjà. Alors qu'elle se demandait encore si elle savait bien ce qu'elle faisait. C'était quoi, le libre arbitre. Mong la regardait et se frottait contre la table basse en miaulant, la transperçait de ses yeux dorés.

En tout cas, Juan la baisa pendant une bonne heure et sans être très habile il était obéissant et plein de bonne volonté, plein de répondant aussi. Elle se serait révélée bien ingrate de lui reprocher quoi que ce soit. Cependant, après coup, elle demeura perplexe.

Il n'était même pas minuit. Et déjà elle ne songeait qu'à aller prendre une douche. C'était terrible.

C'était ce qui condamnait les élucubrations de Ralph une fois pour toutes. Franchement, elle s'en sortait aussi bien toute seule.

Quoi qu'il en soit, il fallait qu'elle bouge. Elle se sentait molle et poisseuse. Elle était nue, sa culotte encore tire-bouchonnée à une cheville, les cheveux emmêlés, les tempes humides. Elle ferma les yeux un instant, pressée de passer à autre chose, quand il lui attrapa les fesses.

Elle soupira in petto. Elle avait vraiment son compte et sentit que le piège allait se refermer sur elle quand elle reçut un message de Greg qui lui demandait s'il pouvait passer. Elle sauta littéralement du tas de coussins sur lequel Juan et elle avaient échoué après avoir fait le tour de la table en renversant une chaise dans leur précipitation, puis s'excusant auprès de son jeune partenaire qui semblait tout à fait disposé à remettre le couvert, elle répondit à Greg très bien, je termine un truc, laisse-moi dix minutes.

Après quoi elle se tourna de nouveau vers Juan en prenant un air paniqué.

Juan, je suis désolée mais il faut que tu files, lui lança-t-elle en commençant à ramasser ses affaires. Oui, tout de suite. Maintenant. Je ne te l'ai pas dit, mais je suis mariée. Et voilà.

Elle jeta un coup d'œil nerveux autour d'elle.

Écoute, c'était formidable, reprit-elle, il faut que nous restions en contact, mais là tu dois y aller, il est déjà dans le coin, on s'appelle.

Elle le poussa gentiment dehors et il en profita, comme elle était nue, pour se frotter contre elle avec sa braguette encore ouverte, mais elle finit par refermer la porte dans son dos et s'empressa d'enfiler un survêt. Elle l'entendit descendre les marches quatre à quatre comme s'il y avait le feu.

Puis, le temps qu'elle remette de l'ordre, qu'elle réarrange les coussins, qu'elle jette ses sous-vêtements au sale, qu'elle aère au moins un instant malgré le froid, Greg se garait en bas de chez elle.

À peine une minute pour se passer un peu d'eau froide sur la figure, pour s'essuyer entre les jambes, pour se souvenir qu'elle était fâchée contre lui à cause de cette histoire de whisky et pour se dire qu'il n'était pas interdit de se venger à l'occasion, qu'il se présentait devant la porte pour la reconnaissance faciale.

Trop court pour prendre une douche mais elle se lava les dents.

Tu comptes te coucher tout de suite, demanda-t-il.

Non, répondit-elle après s'être rincé abondamment la bouche, mais ce sera une chose de faite.

Bon, en attendant, je ne sais pas ce que j'ai foutu, déclara-t-il. Je suis enfermé dehors. Il doit y avoir un bug avec mon code. C'est ce qu'on m'a dit. Quand tu penses qu'en 2030 on en est encore là, à être emmerdé par des bugs, je leur ai demandé s'ils payaient l'hôtel ou si je devais coucher dehors. Je suis pour la technologie à condition qu'elle ne me pourrisse pas la vie. Souvent, mon contrat avec elle est rompu.

Elle sortit de la salle de bains avec un sourire mitigé car il se tenait debout au milieu du salon, les mains enfoncées dans les poches, le nez en l'air et de toute évidence intrigué par le vague relent de stupre qui persistait dans la pièce. Elle avait pourtant aéré mais voilà qu'il avait un odorat ultrasensible maintenant. Un comble.

Je viens de faire une séance de rameur, se sentit-elle obligée d'annoncer. J'avais besoin de me dépenser.

Quand il fera meilleur, on ira pagayer sur le lac, déclara-t-il. Par ce froid, on a l'impression de se recroqueviller. D'ailleurs, j'ai des tensions dans le cou. Il m'est arrivé la même chose l'année dernière, durant le black-out. Lucie m'apportait à manger, ça l'amusait. Pas moi. C'était encore une gamine, pendant le confinement. Elle n'y pensait plus. Moi, si.

Tandis qu'il parlait en délaçant ses chaussures, elle s'était éloignée vers le coin cuisine pour ne pas entrer dans son périmètre, s'étant soudain souvenue qu'elle n'avait pas pris de douche et se sentant moite, par surcroît.

En tout cas, elle avait des scrupules pour quelqu'un qui n'en avait guère. Elle n'oubliait pas à quel point il l'avait déçue, combien son comportement avait révélé d'égoïsme, de manque de savoir-vivre, d'indifférence aux autres. Il ne fallait pas se plaindre, après, quand les signes avant-coureurs s'étaient manifestés dans la plus grande clarté qui soit. Qui se serait aventuré plus loin qu'elle ne l'avait fait avec un homme pareil. Qui se serait laissé porter par le seul désir que pouvait inspirer l'autre. Qui ne pouvait résister à une telle ânerie, se disait-elle en observant Greg du coin de l'œil.

Il cachait si bien son jeu. C'était stupéfiant. Il avait bien failli la prendre dans ses filets. Il avait juste oublié qu'elle avait un peu d'expérience et qu'elle n'était pas joueuse dans l'âme, qu'elle détestait les jeux de hasard.

Il se tourna vers la terrasse recouverte d'une couche de cristaux scintillants. Je m'occuperai de ça demain matin, annonça-t-il.

Non, ça finira bien par fondre, répondit-elle.

Ça va prendre des semaines, tu veux dire. La température va descendre en flèche, c'est ce qu'ils ont annoncé.

Oui, ils ne se mouillent pas trop. Ils doivent craindre l'infamie du goudron et des plumes.

Remarque, je me mets à leur place. Ça va trop vite et ils ne comprennent plus rien. Je crois qu'ils deviennent fous.

Greg acquiesça et ajouta que le moment était venu de boire un verre et de regarder une vieille splendeur, un Mizoguchi m'irait bien, j'ai besoin de calme.

Elle s'électrisa et sortit deux verres, arborant un rictus de méchante fille tandis qu'il se connectait et demandait *Les Contes de la lune vague*.

Une onde de volupté la traversa cependant qu'elle tendait la main sous le comptoir pour attraper la bouteille vide.

Oh non, Greg, c'est pas vrai, balbutia-t-elle en produisant l'objet du délit en pensant espèce de salaud.

Il y en a une entière dans le placard, répondit-il en installant les coussins.

Elle n'avait jamais reçu un seau d'eau glacée en pleine poitrine, mais l'image s'imposa et elle entrouvrit la bouche comme si elle manquait d'air, après avoir gémi.

Heureusement, il ne remarqua rien, la pièce n'était pas très éclairée. Elle recula d'un pas, agrippa le plan de travail et baissa les yeux.

Elle regrettait d'avoir douté de lui. Elle avait fini par se persuader d'avoir découvert la vraie nature de Greg, son côté sombre, d'avoir enfin une bonne raison de le tenir à distance, de se protéger, mais la mécanique venait de se gripper, la mèche venait de faire long feu.

Elle le rejoignit avec leurs verres au milieu des coussins. Elle avait l'impression de le regarder d'un œil neuf. Elle s'installa près de lui mais pas trop près.

Greg, dit-elle, avant de lancer le film, dis-le-moi franchement, ne te gêne pas avec moi, est-ce que mon odeur te gêne, dis-le-moi.

Il se pencha légèrement vers elle pour la renifler.

Non. Quelle odeur. Peut-être un peu de transpiration mais c'est léger, ça ne me gêne pas.

Très bien. Alors très bien. Parce que là, tout de suite, j'ai la flemme. J'ai juste envie de boire mon verre avec toi et rien d'autre. Je sors d'une vidéoconférence qui m'a pris la tête.

Mizoguchi, ça va, proposa-t-il.

Mizoguchi c'est parfait.

Il s'apprêtait à lancer le film lorsqu'il se ravisa. Tu m'as dit que tu sortais d'une séance de rameur, déclara-t-il.

Pourquoi, ça ne se voit pas, lui demanda-t-elle assez surprise par son air suspicieux.

Ben, si, justement.

Elle ricana, presque gloussant tellement la scène lui semblait incongrue. Se pouvait-il qu'il lui cherche des poux dans la tête, comme on disait alors, ou était-ce une manière de plaisanter qu'elle n'avait pas encore intégré. Quoi qu'il en soit, ce ridicule petit nuage ne fut pas de nature à assombrir plus de trois secondes la lumière qui l'envahissait depuis que Greg avait balayé l'image de parfait égocentrique dont elle l'avait un peu trop rapidement affublé. Elle se retenait de ne pas le serrer dans ses bras mais le sperme de Juan qui lui coulait encore entre les jambes comme de la sève le long d'un arbre à caoutchouc l'incommodait. Greg avait eu beau la rassurer, elle n'avait pas très envie d'être accueillie par une grimace qui la briserait dans son élan et flanquerait tout par terre. L'enjeu était trop grand.

Ils se demandèrent ce qu'ils avaient fabriqué. Le jour se levait à peine et ils avaient ouvert les yeux dans la pénombre de la chambre, décontenancés. Ils échangèrent un vague sourire, presque timide, puis restèrent silencieux, sur le dos, sans bouger.

Bon Dieu, il faut que je me sauve, déclara-t-il le premier en rassemblant ses affaires pour sortir de la chambre. Je suis déjà en retard. Anton est d'une humeur de chien, en ce moment. On a déconné, toi et moi, non.

Je ne sais pas. Donnons-nous le temps d'émerger.

Okay, laisse-moi prendre une douche.

J'ai des croissants congelés, si ça t'intéresse.

Oui, mais juste tièdes. La dernière fois je me suis brûlé le palais.

J'ai fichu ce maudit robot à la poubelle depuis, lança-t-elle sans sortir du lit tandis qu'il avançait dans la pénombre en direction de la salle de bains. Le froid n'était pas encore assez vif pour chasser la grisaille et il ne voulait pas allumer car il était à poil. Il allait falloir attendre avant de revoir un coin de ciel bleu, songea-t-il. Mieux valait ne pas y penser.

Déconcentré, il bouscula une chaise et fit tomber le sac de Véra. L'écran s'illumina dans la pénombre et un certain Juan apparut, souriant, la bite à l'air, dressant le pouce comme s'il faisait du stop. Greg remit le tout promptement dans le sac et ne reprit totalement ses esprits qu'une fois sous la douche – qu'il termina sous l'eau froide en raison d'une coupure de gaz sauvage, une de plus, mais quelle bande de salauds, grogna-t-il du savon plein les yeux.

Il se sentait sans forces. Comme prévu, les avocats d'Anton avaient enfumé les types de la Santé, les attirant dans une bataille de chiffres où tout était dans tout et rien dans rien, de sorte que le labo allait s'en sortir avec une simple amende et quelques regards méprisants, mais ils continueraient à l'avoir à l'œil, à être vigilants.

Les avocats pensent qu'on peut faire appel, déclara Anton en faisant la moue. Je réfléchis. On va voir. Je dois réunir le Conseil pour la forme. Je me tâte. Mais dis-moi, je rêve ou est-ce que tu dors debout. Est-ce que c'est une nouvelle plaisanterie de ta part.

Greg choisit de s'asseoir. Bien sûr qu'il dormait debout, à quoi bon protester du contraire. Et Anton qui insistait, qui s'efforçait de lui tirer les vers du nez, d'en savoir plus, parvint à le pousser avec un plaisir non feint et en moins de quelques minutes dans ses retranchements.

Alors ça y est, s'exclama-t-il lorsque Greg lâcha le fin mot de l'histoire. Note que je ne te paye pas pour dormir sur ton lieu de travail, mais cela dit, voilà une bonne nouvelle. C'est jamais bon d'hésiter devant l'obstacle.

Greg n'en était pas tout à fait persuadé mais il n'allait pas polémiquer là-dessus. En revanche, il avait besoin de mettre des mots sur l'événement, de les entendre, et Anton était le mieux placé pour le décharger de ce poids, et il le fallait, c'était inévitable, et il commença depuis le début, il commença par l'odeur de baise qui l'avait saisi en entrant chez Véra, poursuivit par la scène du whisky – et au passage, il remercia Anton pour lui avoir rappelé qu'il était censé ramener une bouteille alors que ça lui était complètement sorti de l'esprit, Anton, ce jour-là, tu m'as sauvé la vie –, et il termina son histoire par ce gouffre sans fin dans lequel ils étaient tombés Véra et lui, tu aurais dû voir sa tête, ce matin, mais je l'adore.

Très bien. D'accord. Mais ne t'emballe pas trop quand même, fit Anton en allumant une cigarette. Ne sois pas toujours aussi extrême. Tu n'as pas regardé une seule femme dans les yeux durant toutes ces années et là soudain tu en vois une et tu l'adores. Je veux bien qu'elle soit un bon coup. Ça se voit tout de suite. Enfin faut aimer le genre cérébral. En tout cas prends ton temps, ne va pas lui signer n'importe quoi tel que je te connais. Ne va pas t'engager corps et âme, comme on dit. Redescends un peu sur terre, ne va pas te compliquer la vie.

Greg exécuta un tour complet sur le fauteuil pivotant. Pour ne pas se compliquer la vie, il fallait se lever de bonne heure. Peu d'êtres humains y parvenaient car peu d'êtres humains possédaient la force de caractère nécessaire ou à défaut une parfaite lucidité.

Greg se sentait bien lancé pour collectionner les problèmes dans un avenir assez proche. Lorsque les sentiments s'en mêlaient, c'était fichu d'avance. Il en savait quelque chose. Il s'était bien gardé d'évoquer la contrariété qu'il avait éprouvée en découvrant le subtil message que ce type avait envoyé à Véra. Anton semblait déjà suffisamment inquiet de la tournure que pouvaient prendre les événements pour ne pas l'alerter davantage. Inutile donc d'en rajouter, d'évoquer l'existence d'un intrus qui renvoyait à une configuration triangulaire de sinistre mémoire qu'il fallait fuir à tout prix sous peine d'être anéanti – et à l'instant où cette pensée le traversait, l'image de sa femme s'imposa dans son esprit, après avoir disparu si longtemps, Denise, le regard dur, les bras croisés, il comprit aussitôt le message et il releva la tête en direction d'Anton et il lui dit laisse-moi gérer ça, je vais bien, je n'ai pas l'intention de me jeter dans le vide, je la connais, je dormais souvent chez elle, on prenait notre petit-déjeuner, on partageait la salle de bains, on regardait un film.

Oui, bon, je n'ai pas besoin d'en savoir plus. Je vois que tu y tiens. Déjà là, ça va trop loin. Bientôt, tu ne pourras plus prendre de recul et il sera trop tard pour le regretter. Ou peut-être pas. Seul le Tout-Puissant connaît la réponse.

Greg bâilla.

Il ne savait pas s'il devait aller la retrouver ou s'il préférait rentrer chez lui car il était K.-O. Les rues se remplissaient, les gens sortaient des bureaux, le crépuscule s'installait et un vent froid s'engouffrait entre les nuages et le lac hérissé d'écume.

En tout cas, je t'ai donné mon sentiment. Maintenant, fais-en ce que tu veux, mais rappelle-toi que tu es ton pire ennemi.

Anton avait cent fois raison, Greg le savait très bien. Surtout avec ce Juan dans les parages. Il lança une recherche rapide pendant qu'il se brossait les dents et découvrit que le gars était délégué du Mouvement pour le Mexique, spécialiste de la flore, des arbres en particulier, et grand amateur de Chavela Vargas. Sept ans plus tôt, Denise était tombée sous le charme d'un architecte péruvien. Est-ce que c'était ça être maudit, se demanda-t-il. Vivre plusieurs fois la même mort, être puni sans fin.

Du coup, il n'avait plus sommeil, il flottait. Il fut sur le point de se rhabiller pour aller la rejoindre mais il se ravisa.

La dernière fois qu'Anton avait eu un rapport sexuel avec sa femme datait du début de l'automne, quand sévissait encore une chaleur épouvantable qui n'incitait guère aux étreintes, du moins en ce qui concernait Sylvia dont l'intérêt pour la chose s'était pas mal ratatiné depuis l'usage qu'elle faisait de la réalité virtuelle, aujourd'hui d'une qualité impressionnante. La pub ne mentait pas, on y croyait vraiment. Cette réalité-là lui suffisait amplement et le catalogue était bien fourni.

Lorsque Anton frappa à sa porte, elle rabattit le drap sur ses jambes et le fit entrer. Elle coupa son écran, remonta les oreillers dans son dos tandis qu'il s'asseyait au bord du lit de tout son poids, avec un air préoccupé – depuis l'invention des chambres séparées, certaines populations avaient cessé de s'exterminer, pour le meilleur ou pour le pire.

Donc voilà, soupira Anton, tu sais tout, c'est fait, maintenant on sait. On sait où on va et ça me préoccupe. C'est ton frère mais je crois le connaître aussi bien que toi et si je te dis qu'il est harponné, c'est qu'il est harponné. Attends de le voir, si tu ne me crois pas. Quand je l'ai quitté, ses pieds ne touchaient pas le sol.

Elle fixa un instant son profil, son cou de taureau, ses cheveux drus, pas de poches sous les yeux, pas de double menton.

Je ne la connais pas beaucoup, dit-elle, mais je ne crois pas qu'elle soit prête à se jeter dans une aventure. Elle va y réfléchir à deux fois. Qu'ils couchent ensemble est une chose, mais pour le reste rien n'est joué. Ce ne sont plus des gamins.

J'espère que tu as raison. Je vois très bien le côté où le soleil brille. Le tableau est charmant, il ne manque plus que le parfum des fleurs.

Il se pencha en avant, les bras sur les cuisses, les poings serrés entre les genoux. Mais j'oublie quand même pas un truc, reprit-il en hochant la tête. J'oublie pas d'où on est allés le repêcher. Je ne sais pas si tu te souviens. Je sais que je me répète mais ce mal qu'on s'est donné, tout ce temps qu'on a passé, je crois que je pourrais pas le refaire. Jusque-là tout va bien, okay, mais nous restons à la merci d'un grain de sable et que toute la mécanique se bloque.

Elle lui toucha le bras. Attendons et voyons ce qui se passe, lui proposa-t-elle en l'attirant vers le lit. Et ça tombait bien car la Muette était prise jusqu'au lendemain et il n'en voulait aucune autre, rien qu'elle, ça tombait bien car Sylvia était déjà prête. Et lui donc. Et pour une surprise, c'était une surprise – presque aussi rare que trouver une perle dans une huître.

Le lendemain matin, le ciel s'éclaircit un peu et la température descendit de quelques degrés. Le vent ne faiblissait pas. Les transports marchaient au ralenti, l'approvisionnement devenait chaotique, un jour on manquait de sirop d'érable, un jour de dentifrice au meswak, un autre de litière pour chat ou de lentilles oculaires. On n'en mourait pas mais on était perpétuellement agacé. On ne trouvait parfois de l'aspirine qu'au marché noir. Anton était en peignoir et en chaussons, il buvait son café lorsque Greg passa la porte en frissonnant.

Anton le regarda s'approcher et en déduisit qu'il s'était vraiment reposé, qu'il n'avait pas couru chez Véra pour s'offrir une seconde nuit de noces et c'était positif, cela signifiait que Greg était encore capable de réfléchir.

J'ai dormi dix heures d'affilée, annonça Greg. J'en avais besoin.

Anton lui adressa un sourire amical. Je me souviens d'une fille qui m'avait mis sur les genoux autrefois, déclara-t-il. On s'était laissé enfermer dans la bibliothèque de la fac, un week-end entier, et j'en suis sorti en rampant, blanc comme un linge, les yeux à peine ouverts, ne sachant plus où j'étais, enfin bref.

Greg se servit un café en secouant la tête. C'était bien, déclara-t-il, je ne vais pas dire que c'était pas bien, c'était bien, mais j'étais déjà crevé en arrivant chez elle, je me serais endormi aussi sec en d'autres circonstances. D'ailleurs, je ne sais pas ce qui nous a pris, on avait un accord, on n'était pas censés coucher ensemble.

Ces choses-là, ça ne marche que sur le papier, répliqua Anton sur un ton désabusé. Si encore elle était moche et mal foutue. Ça n'a pas dû être facile tous les jours.

Greg haussa vaguement les épaules. C'était différent, dit-il, je ne me posais pas la question. Maintenant, je ne fais que ça. Une porte s'est entrouverte et je ne sais pas si j'y vais.

On n'a pas tous la chance d'avoir une sonnette d'alarme. Écoute, je ne vais pas jouer les Cassandre, mais tu sais comment ça s'est terminé. Ton instinct te dit de te méfier, écoute-le.

Greg ferma les yeux et se caressa le menton. Son instinct lui dictait de ne pas saisir une torche enflammée à pleines mains mais qu'avait-il d'autre à proposer. Se débarrassait-on jamais du goût de sang qu'on avait dans la bouche.

Anton le regarda sortir avec Lucie pendue à son bras, tous deux pliés dans les bourrasques.

Il resta debout, son café à la main, les observant tandis qu'ils bataillaient pour ouvrir les portières de la Porsche. La question était de savoir si Greg était assez solide pour vivre une vraie relation. Il avait l'air, comme ça, mais rien n'était moins sûr. Sylvia avait beau avancer que le temps avait fait son œuvre et que son frère avait retrouvé son équilibre, Anton demeurait pour le moins sceptique. D'autant qu'à son avis, Véra ne devait pas être une femme facile à vivre. On sentait qu'elle était forte. Qu'il fallait être en bonne santé. Greg était-il de taille, se demandait-il tandis que celui-ci manœuvrait sur le terre-plein verglacé. Y avait-il des chocs qu'il pouvait encore supporter. Difficile à dire.

L'organisation d'une nouvelle marche pour le climat – dont le point d'orgue consistait à souder les grilles de la firme qui produisait le Montrazol – se déroulait dans l'arrière-salle de la librairie de Véra. Les discussions allaient déjà bon train. Greg identifia quelques têtes. Lucie, apparemment, connaissait tout le monde et elle l'abandonna aussitôt, dans un frétillement de poisson remis à l'eau, filant vers les profondeurs sans demander son reste.

Il serra quelques mains au hasard, incapable de faire un pas. Non qu'il fût paralysé par une certaine émotion en apercevant Véra qu'il retrouvait pour la première fois depuis leur passage à l'acte. Mais il aurait reconnu le Mexicain au milieu d'une foule, il repéra le fameux Juan au premier coup d'œil – décemment vêtu cette fois –, lequel était penché à l'oreille de Véra qui ne semblait pas importunée le moins du monde par cette espèce de familiarité.

Greg fut tenté de rebrousser chemin. Voyant qu'elle venait vers lui, il baissa la tête.

Au cours des quelques jours qui suivirent, Véra ne tarda pas à remarquer que l'humeur de Greg devenait changeante, avec des hauts et des bas, mais davantage de bas à mesure qu'une étrange contrariété le poursuivait. Il s'en défendait sans nuance, refusait d'admettre le moindre dérèglement de son comportement et parvenait à donner le change lorsqu'ils passaient la porte de la chambre au point qu'elle ne savait plus trop quoi penser.

Elle s'en était ouverte à Ralph de bon matin, avant qu'elle ne commence à se préparer pour la marche en question dont les derniers détails avaient été réglés assez tard dans la soirée.

Tu me demandes mon avis mais tu fais le contraire de ce que je te dis, ricana Ralph. Tu es quand même incroyable. C'est pour ça que ça n'a jamais vraiment marché entre nous deux.

Oui, peu importe, je n'ai pas le temps, là maintenant. Je ne suis même pas habillée, je dois me lever. On a une marche, aujourd'hui.

Ah, très bien. Si vous pouviez faire un truc pour les inondations, ce serait parfait. On a les pieds dans l'eau, ici, les gens sont sur les toits.

Ralph. Si je n'avais pas besoin de ton avis, je ne te le demanderais pas. À qui veux-tu que j'en parle. Maxim est toujours pressé, on s'appelle toujours entre deux portes.

Pardon, mais est-ce que tu comptes demander à ton fils pourquoi le type que tu baises est de mauvais poil. Est-ce que c'est ça l'idée.

Elle soupira. Le ciel était gris-bleu, des aiguilles de pin volaient dans l'air. Il devient lunatique, reprit-elle, il reste debout devant la fenêtre. Ou il sort faire une course et revient les mains vides. Je ne sais pas. Sinon c'est l'homme avec lequel je suis bien. Malgré tout. Vraiment bien, malgré tout. Alors aide-moi. J'ai essayé avec un autre mais ça n'a pas marché. C'est lui que je veux. Mais pas à n'importe quel prix, c'est terrible à dire, je sais. Ça ne me grandit pas. Mais je ne veux pas me réveiller un matin avec Greg à côté de moi et me demander si je n'ai pas commis une nouvelle erreur, malgré tout.

Il n'y a qu'un seul moyen pour t'assurer que ça n'arrive pas, répondit Ralph. Qui ne devrait pas te plaire, bien sûr. Désolé, mais c'est le jeu.

Au même instant, elle entendit Greg qui rentrait et elle coupa aussitôt la connexion – sans réfléchir, un réflexe, et elle s'en voulut d'en être arrivée là, d'être si pitoyable. Une gamine prise en faute.

Elle se sentit minuscule C'est bon, déclara-t-il en passant la tête à l'entrée de la chambre. J'ai tout ce qu'il faut. À qui tu parlais.

Il poursuivit son chemin vers la cuisine et elle l'entendit poser ses sacs près de l'évier. Elle replia ses jambes, les serra contre sa poitrine, appuya son menton sur ses genoux. Greg ne tarda pas à réapparaître.

Il avait retiré son bonnet, il était tout ébouriffé, attirant. Elle fondit. Se mordillant un peu la lèvre, elle tendit la main vers lui.

Il n'y prêta aucune attention. Elle pensa dès lors que ce n'était pas le bon moment pour en faire toute une histoire et elle sursauta légèrement comme si la question de Greg lui revenait à l'esprit tout à coup.

Oh, rien d'intéressant, dit-elle, c'était ma banque.

Il resta sans réaction, la considéra un instant puis tourna les talons. Il se servit un café et sortit sur la terrasse avec Mong dans les jambes, le chat tournait autour de lui en miaulant comme s'il partageait son dépit. Le ciel hésitait entre le vent et la pluie et Greg se disait que cette marche pour le climat n'allait pas être une partie de plaisir avec ce froid et il se demandait même si la colle allait prendre par ce temps – il s'était servi au labo et n'avait pas eu le temps de consulter la notice en détail à cause des rondes, d'ailleurs ce n'était pas son idée, la colle n'était pas son idée mais il avait proposé de la fournir et on lui avait vite trouvé une place autour de la table. Et pour qui s'était-il engagé dans tout ça. Il vida sa tasse, l'estomac noué.

Sylvia lui trouva l'air préoccupé lorsqu'il passa prendre Lucie. Elle lui demanda si quelque chose le tracassait.

Non, mais c'est pas la saison que je préfère, lui répondit-il. Tu te souviens comment c'était à l'époque, les parfums, les couleurs, on peut dire qu'on n'est pas vernis aujourd'hui. J'aime déjà pas quand les jours rallongent. Ça devient des tunnels.

Il se passa de l'eau froide sur la figure. Au moment de partir, il trouva Aude devant la porte, engoncée dans son fauteuil avec une doudoune et une couverture de survie sur les genoux, et Lucie qui fixait la pointe de ses baskets et il dit ah non, alors là non, impossible.

Comment ça impossible, s'emporta Aude. J'espère que tu plaisantes.

Bien sûr que non, je ne plaisante pas. Je n'ai pas envie de t'avoir avec ton fauteuil dans un mouvement de foule. Alors dégage de la porte, s'il te plaît.

Elle le fixa. Un silence suivit puis elle lui dit Greg, ne me fais pas ça.

Il laissa la Porsche et appela un tacobulle. Ils volèrent au-dessus du lac que le vent faisait frissonner. Ils se posèrent à l'endroit convenu et il prit Aude dans ses bras pour la mettre dans son fauteuil pendant que Lucie rejoignait le groupe qui venait à leur rencontre. Véra en faisait partie, le Mexicain aussi. Greg ouvrit son sac sans attendre et distribua la superglue ainsi que des gants en silicone qui lui valurent quelques approbations.

Il évita de regarder Véra et partit en avant en poussant Aude.

Tu lui fais la gueule, demanda-t-elle.

Le vent soufflait mais pas une seule goutte de pluie. Des types envoyaient des messages lumineux dans le ciel déjà sombre de l'après-midi.

Non, mais je ne sais pas, répondit-il. Nous sommes dans un moment d'observation.

Tu veux dire qu'il y a du mou dans la corde.

Je me demande si elle n'est pas trop bien pour moi.

Aude se tordit le dos pour se tourner vers lui tandis qu'ils rejoignaient le gros du cortège.

Mais tu es complètement idiot, mon pauvre, fit-elle avec véhémence. C'est toi qui es trop bien pour elle, pauvre imbécile.

La place était déjà envahie. Il profita de conduire un fauteuil roulant pour se frayer un chemin à travers la foule – qui devait se demander ce qu'il avait bien pu faire à cette pauvre fille pour la mettre dans cet état. Il gara Aude à l'abri d'un platane déplumé. En contrebas, la végétation qui bordait le lac commençait à blanchir, des plantes grasses étaient couvertes de glace, les hortensias n'agitaient plus que de maigres feuilles molles à la pâleur maladive qui clapotaient sous le vent.

Nous avons perdu les autres, dit-elle.

Ils nous retrouveront, sois tranquille. On n'est pas obligés de rester collés.

J'ai remarqué qu'en vieillissant les hommes redevenaient des enfants.

Tu as trouvé ça toute seule, déclara-t-il.

Il jeta un coup d'œil sur la tête du cortège qui se mettait en marche.

Je suis sortie avec son fils pendant des mois, je te rappelle. Je la connais pas trop mal.

Il reporta son regard sur elle mais ne fit pas de commentaire.

Elle peut baiser avec tous les types qu'elle veut, reprit-elle. C'est pas son problème.

Oui, mais c'est un peu le mien justement.

Oh arrête avec ça. Toutes les femmes ne s'appellent pas Denise. Tu ferais bien d'ouvrir les yeux.

Il ricana. Elle leva les siens au ciel en haussant les épaules.

En tout cas, Juan ne quittait pas Véra d'un pouce. Il marchait à côté d'elle, visiblement ravi d'être là, discutant à droite et à gauche tandis que Greg s'ingéniait à se tenir à l'écart, d'au moins quatre ou cinq mètres, légèrement en retrait, regardant ailleurs.

Ah, tu me fais bien rigoler, déclara Aude.

Le défilé se déroulait dans le calme. De temps en temps, il croisait le regard de Véra, l'espace d'un éclair. Puis le ton commença à monter quand la foule arriva aux abords des grilles qui fermaient l'entrée du complexe d'où sortait le Montrazol – à qui l'on devait la mort d'un homme comme le rappelait une banderole déployée au-dessus des têtes.

Alors Greg estima qu'il était temps de parler à Véra pour lui confier Aude avant que la bousculade ne dégénère. Ils décidèrent de se voir plus tard. Et Greg ajouta, en indiquant Juan d'un signe de tête, si ton copain nous laisse tranquilles cinq minutes.

Il n'attendit pas la réponse, posa un baiser sur la tête de Lucie en passant et joua des coudes pour atteindre les grilles. Il aurait été malade de ne pas en être. C'était autre chose que de renverser quelques bidons dans un supermarché et c'était une délivrance. Il transforma son bonnet en passe-montagne avant d'entrer dans la zone de surveillance des caméras. Les gars des premiers rangs avaient déjà neutralisé les robots que la police envoyait avant d'intervenir – mais ces trucs ne valaient rien, franchement, de vrais tas de ferraille une fois flanqués par terre –, de sorte qu'il se fit rapidement une place à la jonction des grilles coulissantes et balança sa superglue avec les copains, inonda les serrures, souda tout ce qu'il pouvait et il fit le signe avec le pouce à ceux qui s'occupaient des gonds.

Un couple s'enchaîna au portail de droite, un autre au portail de gauche. Sur la rive opposée du lac, plus tôt plongée dans la pénombre, des lumières vacillaient déjà.

Lorsqu'ils s'aperçurent que des drones se stabilisaient au-dessus d'eux, la colle avait pris. Il allait falloir un bulldozer pour rouvrir le passage. Pour l'heure, il s'agissait de se mettre à l'abri et ceux qui ne se bougeaient pas n'allaient pas tarder à recevoir une merde sur la tête.

S'ensuivit une effroyable bousculade. Greg courut vers les arbres qui longeaient la route. Il n'était plus qu'à quelques mètres quand il entendit le claquement des attaches qui larguaient le filet puis celui-ci qui s'affaissait dans les branches. Il s'adossa un instant au tronc pour reprendre son souffle.

À l'instant où il se félicitait d'avoir mis Aude en sécurité, il s'interrogea sur leur sort et il demanda à parler aux trois femmes l'une après l'autre mais aucune ne se manifesta. Il resta un moment à observer le bal des hélicos qui embarquaient celles et ceux qu'ils avaient attrapés dans leurs nasses et qui braillaient de peur en se balançant dans l'air. La police était sur place, procédait à l'arrimage en riant – ils riaient moins quand ils intervenaient dans des camps de populations réfugiées et que la colère grondait car les gens avaient tout perdu. Il fuma une cigarette avec le maigre espoir de les voir apparaître parmi les groupes qui remontaient en ville. Puis il décida de rentrer à son tour.

Le soir tombait, cette fois. On n'y voyait pas moins mais la sourde impression que le soleil était caché devenait tenace. À ce qu'il entendait autour de lui, les gens n'étaient pas très heureux de la manière dont les choses avaient tourné mais le pays avait élu un vieillard vaniteux et revêche comme président, il ne fallait pas s'étonner. Il fit un long bout de chemin à pied en cherchant un engin, peu importait lequel, qui le ramènerait devant sa Porsche.

Sylvia le rassura à propos des filles. Elles avaient envoyé un message, elles étaient avec Véra et tout allait bien.

Elle ne les a pas lâchées d'une semelle, déclara-t-il comme pour lui-même – envisageant soudain, avec une frayeur rétroactive, qu'un accident aurait pu se produire durant le branle-bas général alors qu'il était en train de faire le pitre avec les autres, qu'il s'était laissé prendre à leur jeu et avait abandonné les trois femmes pour assouvir quelque chose de plus urgent.

Bon, je les mets dans un tacobulle, promit-il en partant. Ah, quel froid de chien.

Ces dernières années battaient tous les records, à tous les niveaux. C'était pas compliqué.

Certains rêvaient de traverser le lac en patins. Il reprit le volant. Il écouta les nouvelles et déjà l'on parlait d'une marche pour le climat qui avait mal tourné, de superglue, de manifestants héliportés comme du bétail. Il lui venait tout à coup une violente envie d'être près d'elle, de sentir son odeur, de la toucher.

La route qui longeait la côte était balayée par le vent, d'épais boudins d'écume traversaient la chaussée, certains volant, d'autres rampant, Greg les entendait cogner contre la carrosserie lorsqu'il était arrêté à un feu. Il attrapa la fiole de whisky dans la boîte à gants et en avala la moitié. Il se sentait tellement tendu, tellement déchiré aussi. Il avait du mal à comprendre, à accepter. Le chaos de ses sentiments pour Véra le rendait fou, le terrifiait. Il en prenait réellement conscience à cet instant. Des types rassemblés autour d'un brasero, affublés de couvertures de survie, lui adressèrent quelques gestes de mépris au passage.

Véra aurait préféré que Juan ne soit pas là. Mais elles lui devaient une fière chandelle – il avait même emporté Aude dans ses bras pour l'extirper de la soudaine débandade et du chacun pour soi qui avait électrisé la foule –, de sorte que Véra devait en prendre son parti et lui faire bonne figure en espérant que Greg ne se formalise pas trop de sa présence. Elle venait d'avoir des nouvelles de celui-ci par Sylvia et s'attendait à le voir apparaître d'un moment à l'autre. Elle n'avait pas particulièrement apprécié les derniers mots qu'il lui avait adressés avant de s'évaporer au milieu de la cohue, cette allusion aux cinq minutes de tranquillité que Juan, bon prince, pourrait ou non leur concéder. Néanmoins, à la réflexion, et à condition de ne pas noircir le tableau, elle estimait que ce petit accès de jalousie de la part de Greg était plutôt flatteur pour elle – au point qu'un vague sourire se dessina sur ses lèvres tandis qu'elle ne prêtait plus qu'une oreille distraite au discours de Juan sur les splendeurs du Mexique. Pour un peu, elle se serait sentie bien, presque aguerrie. Elle admettait volontiers qu'il avait fait naître quelque chose en elle – fait naître, plutôt que réveillé car c'était un sentiment inconnu, à la fois plus fort et moins violent, un fin mélange de contraires que parfumait une bonne dose de sexe comme c'est souvent le cas au début, et plus étrange une brûlure, une douleur assez délicieuse. Elle vérifia qu'il y avait de la bière au frais et son cœur se serra en découvrant le pack de Corona, vraiment l'art de jeter de l'huile sur le feu, mais il n'était plus temps de commander une autre marque, Greg pouvant arriver d'un moment à l'autre.

Sur l'instant, elle ne mesura pas le ridicule de son attitude, ce parfum de soumission. Mais elle s'en aperçut le temps d'un souffle et décida de se désintéresser du problème, de l'évacuer de ses pensées. Elle ne concourait pas pour le prix de la parfaite hôtesse, elle pouvait se permettre ce genre d'impair.

Elle hésita à le connecter pour savoir ce qu'il faisait – elle n'avait pas réussi à le localiser. Elle espérait vaguement qu'il passerait la nuit avec elle et qu'il serait là, endormi à ses côtés, lorsqu'elle ouvrirait un œil dans le matin clairet.

Anton était en retrait, caché dans la pénombre, quand Greg et Sylvia échangèrent quelques mots dans le vestibule. Il ne voulait pas lui parler, juste l'observer, et il attendit que Greg remonte dans sa Porsche pour s'approcher dans le dos de Sylvia et il lui dit ça ne va pas aller, je le sens, ça ne va pas aller et ils regardèrent les feux arrière disparaître sans prononcer un mot.

Mais pourquoi dis-tu ça, finit-elle par déclarer sur un ton peiné.

Ce truc avec Véra. Il va pas savoir le gérer. Je l'ai bien regardé, c'est écrit sur sa figure. Écoute, ça aurait pu fonctionner mais ça ne va pas marcher, ça ne peut qu'empirer. Ouvre les yeux, on est en train de revivre la même histoire avec lui. Ce n'est pas elle, le problème. C'est lui, le problème. Tu le sais très bien. C'est lui le malade.

Il la suivit jusqu'au canapé où elle se laissa choir. Le vent faisait vibrer les baies, hululait au-dessus du toit. Visiblement, les paroles d'Anton l'avaient secouée. On aurait dit qu'elle venait de faire une chute de cheval.

Elle leva les yeux vers lui.

Peut-être que tu te trompes, suggéra-t-elle.

Non, je vois bien comment il est. Sylvia, tu passes trop de temps avec ton casque, tu ne vois plus la réalité. C'est pourtant clair comme de l'eau de roche.

Elle baissa la tête puis la releva brusquement.

Dans ce cas, tu proposes quoi, lança-t-elle. Toi et ta réalité.

C'est ton frère. C'est leur oncle. Ce n'est pas à moi d'en décider. Mais je le vois, je parle avec lui au labo, j'essaie de le brancher sur des projets mais on dirait qu'il dort debout. Ça ne te rappelle rien. Quand il s'est mis à la soupçonner. Qu'il en est devenu dingue.

C'est loin, tout ça. S'il te plaît. Et puis n'emploie pas ce genre de mot.

Tu ne poursuis pas ta femme en voiture sur une route de montagne, marmonna-t-il. Qu'elle te trompe ou pas. Il faut être dingue pour faire ça. Saccager l'appartement tout entier ne lui a pas suffi.

Ils échangèrent un regard sombre, les épaules basses, immobiles, réduits au silence.

Puis il toucha le bras de Sylvia. De toute façon il est trop tard, lâcha-t-il d'une voix rauque. C'est une mécanique infernale, un désastre annoncé. J'y ai cru moi aussi. Et on a tout gobé.

Elle se mordit les lèvres. Elle regrettait que le vent n'emporte pas la maison.

Greg se gara devant la librairie et avant de descendre, ayant jeté un coup d'œil sur l'appartement de Véra au dernier étage, les lumières allumées, il avala deux bonnes lampées de whisky en prenant son temps. Après toutes les horreurs qu'il avait ruminées durant le trajet, il avait besoin de décompresser. Quelques gouttes de pluie s'étaient mêlées aux rafales de vent, la rue étincelait, ses contours brouillés par les coulures du pare-brise. Il donna un coup d'essuie-glace. Il savait déjà qu'il ne parviendrait pas à lui faire totalement confiance – elle lui avait envoyé de mauvais signes ces derniers temps, elle lui avait menti à plusieurs reprises, caché certaines choses –, mais il était incapable de mettre fin à leur relation, incapable de l'envisager une seule minute. Il n'y avait pas d'issue. Quel intérêt de vivre avec une femme si c'était dans le mensonge, se demandait-il encore dans l'ascenseur. L'idée qu'ils vivaient déjà presque en couple lui arracha un pâle sourire durant un instant. Quelques pas de plus et ce serait le saut dans le vide, il faudrait aller jusqu'au bout. Il savait ce que cela signifiait, à quoi il s'exposait.

Lorsqu'il mit un pied dans l'appartement, Véra comprit que leur histoire était pliée. Au regard qu'il porta sur Juan puis sur elle, à cet instant d'hésitation qui le figea sur place, à l'air qui sembla soudain manquer dans la pièce, tout était en boîte.

Elle accusa le coup. Mais déjà Lucie interpellait Greg à l'autre bout du salon et tout se remit en marche, Véra se força à sourire, Juan se fendit d'un aimable signe de la tête et Aude sur son fauteuil se tourna vers lui. On a eu peur que tu sois embarqué dans un filet, dit-elle.

Les filles, on va y aller, annonça Greg. Mais tu as raison, j'ai failli m'en prendre un. Les filles, dites au revoir.

Tu t'en vas déjà, s'étonna Véra mal à l'aise, déconcertée.

Oui, on ne va pas vous déranger, fit-il entre ses dents, pressant le mouvement et fuyant tous les regards.

En quoi ça nous dérangerait, rétorqua Véra d'une voix légèrement piteuse, mais il n'y prêta pas attention. Ce qu'il voyait, c'était qu'il ne s'en trouvait qu'un pour se réjouir de leur départ, et que le plus tôt serait le mieux, un qui souriait de toutes ses dents et se tenait prêt à leur ouvrir la porte. Ça faisait mal. Ça réveillait de vieux incendies en lui. Il se demandait s'il n'avait pas un problème avec les pays d'Amérique du Sud, s'il n'attirait pas ces enfoirés comme des mouches.

Par on ne sait quel tour de magie, elle parvint à pousser Greg à l'écart et elle lui glissa à l'oreille, d'une voix tendue, pendant que les filles attrapaient leurs anoraks et que Juan se servait un verre, mais qu'est-ce qu'il y a, qu'est-ce qui te prend.

Rien de particulier. Je ramène les filles.

Regarde-moi dans les yeux.

Non. J'ai pas le temps.

Il tenta de s'écarter mais elle le retint par la manche. Encore une scène qu'il avait vécue de nombreuses fois avec Denise. Son estomac se contractait déjà. Quant à lui, cette souffrance lui revenait, cette souffrance dont il avait oublié l'effroyable intensité.

Est-ce que c'est à cause de lui, c'est à cause de Juan, l'interrogea-t-elle sans tout à fait cacher son exaspération.

Véra, je comprends pas de quoi tu parles. Qu'on parte maintenant ou dans une heure, ça change quoi. Je suis pas d'humeur à me lancer dans un bras de fer avec ton invité. Je veux pas me coucher trop tard.

Ce n'était qu'un début, bien entendu. Un de ces premiers petits accrochages qui se multiplieraient avec le temps, qui gagneraient en intensité jusqu'au feu d'artifice final. Il en aurait versé une larme à cette seconde, tant le drame qui avait emporté Denise était présent dans son esprit. Leur dernière année avait été épouvantable. Pour ne pas dire atroce.

Maintenant laisse-moi passer, lui dit-il. Ça devient ridicule.

Non, c'est toi qui es ridicule, répliqua-t-elle simplement.

Pendant ce temps, les filles se pendaient au cou du Mexicain qui gardait le beau rôle jusqu'à la fin avec sa longue chevelure noire et ses yeux perçants. Il fit signe de loin à Greg, lui adressant un large sourire pendant que les filles se dirigeaient vers la sortie.

Regarde-le, fit Greg à l'attention de Véra dont la pâleur devenait manifeste. Au moins, il y en a un qui est heureux dans l'histoire.

Elle grimaça. Et toi, tu es content de toi, demanda-t-elle. Tu es satisfait, j'imagine.

Il raccompagna les filles. Véra essaya plusieurs fois de se connecter avec lui durant le trajet mais il refusa de répondre. Elle ne rendait pas les choses très faciles. Il devait lutter pour ne pas faire demi-tour et les surprendre, il était en train de s'embraser, son esprit s'obscurcissait. Le plus triste était qu'il n'y avait rien à faire. D'ailleurs Véra l'avait achevé en lui demandant s'il était content de lui. Elle aurait dû voir dans quel état il se trouvait, s'il avait l'air satisfait de lui-même après avoir tout piétiné autour de lui.

Ils perdirent du temps à cause d'un arbre couché en travers de la route.

À leur tour, Sylvia et Anton s'étonnèrent qu'il soit si pressé de repartir, mais ils n'insistèrent pas devant sa détermination à s'éclipser au prétexte d'une fatigue accumulée tout au long de la semaine, bla-bla-bla, il eut un rapide regard pour chacun et marcha vers la sortie à reculons. Dehors le vent glacé soufflait comme un de ces bombardiers de l'autre siècle. Les yeux à peine ouverts il s'apprêtait à monter dans la Porsche quand Anton l'attrapa par la nuque et le serra contre lui.

Je vois bien que ça va pas, fit-il en élevant un peu la voix pour se faire entendre.

Anton, on se les gèle, répondit Greg qui pouvait à peine faire un geste dans les bras de cette armoire à glace.

Mais ça va aller, ça va aller, répéta Anton comme un mantra tout en lui tapant dans le dos. Ça va aller, ça va aller.

Après ce traitement qui dura presque une minute, Greg se sentit réellement à bout de forces. Il y avait un bon moment qu'il avait envie de boire quelque chose. Ça aussi. On n'en parlait pas, mais ça aussi. Des ténèbres supplémentaires. Presque inévitables dans ce contexte.

Il était sur le point de s'arrêter lorsqu'il aperçut l'embouteillage au loin, à cause de l'arbre au milieu de la route, les feux clignotants des engins qui s'affairaient autour, les véhicules stoppés de part et d'autre. Il se pencha pour inspecter les environs, les collines sombres qui se fondaient dans la nuit. Il décida de faire un détour plutôt que de rester coincé.

Il se gara sur l'esplanade déserte et laissa le moteur tourner pour le chauffage. L'alcool commençait à lui faire du bien, il respirait mieux. Il tâchait cependant de ne pas gémir en pensant à

Véra, à tout le mal qu'elle pouvait encore lui faire. Il n'était vraiment pas de taille.

Lorsqu'il prit conscience que des larmes coulaient de ses joues, il attrapa la bouteille vide et sortit en plein vent et tituba vers les containers de tri.

Véra avait vomi dans le fossé qui lui faisait à présent face. Elle était revenue vers lui avec un sourire radieux et ils avaient admiré le paysage qui était maintenant d'un blanc-gris sinistre et pitoyable.

Peut-être était-il tombé raide fou d'elle à ce moment précis. Ça n'avait plus grande importance. Il ne se souvenait même plus du jour où il avait rencontré Denise.

Il s'appuya les reins contre la Porsche, croisa les bras et laissa le vent le gifler, lui retourner les cils, l'empoigner par les cheveux. Il tenait debout par miracle.

Il s'installa de nouveau derrière le volant, le garda entre ses mains. En fonçant tout droit, on devait se payer un sacré vol plané, estima-t-il et il se mit à écouter *Tonada del Cabrestero*, la version de Simón Díaz, la seule qui vaille – un enregistrement que le Vénézuélien qui baisait Denise à l'époque avait oublié dans un tiroir. Encore un qui avait du goût.

La Porsche allait finir aplatie comme une boîte de conserve. Il n'allait pas laisser grand-chose derrière lui. Il embraya, lança le moteur à fond sur une centaine de mètres, arracha quelques vieilles ronces, pulvérisa du petit bois, puis s'envola littéralement dans les airs avant de s'écraser en contrebas à proximité d'une mare gelée dont la surface bleutée se craquela sous l'onde de choc.

Anton était d'avis qu'il ne fallait pas lui répondre. Elle était chiante. Depuis que les filles avaient raconté l'arrivée de Greg, leur départ précipité, le retour silencieux, Greg qui n'avait pas desserré les dents, qui n'entendait rien, Anton n'avait pas été long à comprendre ce qu'il s'était passé. Et maintenant que les filles avaient regagné leurs chambres, il pouvait donner libre cours à ses réserves à l'encontre de Véra.

J'imagine dans quel état il est. Je trouve qu'elle est gonflée. Mais il a agi de la seule manière possible. Partir en claquant la porte était la seule réponse à lui donner. Non, mais là il me bluffe, tu sais, il a fait preuve d'un sacré courage, parce que je peux te le dire maintenant, oh il le cachait bien, mais il était sacrément mordu, livré à sa merci, tu comprends à présent pourquoi je renâclais, pourquoi j'essayais de vous avertir du danger. Jusqu'au moment où ils se sont mis ensemble et là je me suis dit c'est foutu, c'est fini.

Quand il m'a dit qu'il songeait à emménager chez elle, je n'ai pas osé t'en parler.

Nom de Dieu. Ça aurait été le bouquet. En tout cas, à l'avenir, j'aimerais que tu ne gardes pas ce genre de confidence pour toi. Je préfère être prévenu quand quelque chose doit me tomber dessus.

Son écran s'alluma. C'est encore elle, soupira-t-il.

Ne réponds pas. Je verrai Greg demain. Cette femme ne sait plus ce qu'elle fait. C'est tellement tordu. C'est peut-être une garce.

Ils se penchèrent pour lire le message qu'en désespoir de cause elle leur envoyait.

Dites-lui de m'appeler, écrivait-elle. S'il vous plaît.

FIN

Du même auteur
(suite)

Théâtre

Lui, L'Arche, 2008.

Nouvelles

50 contre 1, B.F.B., 1981.
Crocodiles, Bernard Barrault, 1989 ; J'ai lu n° 2785.
Lorsque Lou, avec Miles Hyman, Gallimard/Futuropolis, 1992.
Contes de Noël, avec Gilles Vidal et Daniel Pasquereau, Méréal, 1996.
Bram Van Velde & Philippe Djian : XXe siècle, Flohic, 1993.
Mise en bouche, Gallimard, 2008.
La Fin du monde : reloaded, avec Marie Darrieussecq et Horst Haack, Alternatives, 2010.
« Un écrivain à Shanghai », *Revue Long Cours*, n° 5, 2013.
La Crème de la crème, Mondadori magazines France, 2015.

Bandes dessinées

Mise en bouche, avec Jean-Philippe Peyraud, Futuropolis, 2008.
Lui, avec Jean-Philippe Peyraud, Futuropolis, 2010.

NORD COMPO
multimédia

Composition et mise en pages
Nord Compo à Villeneuve-d'Ascq

N° d'édition : L.01ELJN000876.A002
Dépôt légal : septembre 2020

Imprimé en France par CPI
en août 2020

N° d'impression : 159690